KB004512

Palacio Nacional de Sintra
National Palace

Sintra 19/6/2012

"It's just very very beautiful place. You need to go."

"oh there is a girl drawing something, down sta...

기차역인 Rossio 어디쯤 겉에 안보여서 한 6명에게 물어물어 겨우 기차역을 찾아냈다.
한 100번은 사람을 붙잡은 것은 물어봤는 걸다. 한 30분걸려서 종착역인 Sintra 에서 내렸는데
36씨나 쨌다가 쳐먹으면서 왔다. 정말 싸고 맛있다 내리자 마자 information 역장한테 물었더니
Nacional palacio 에 가라면서 가르쳐주고 그다음에 버스타고 가야한대 몇몇군데를 알려주었어.
서 Rossio로 돌아가는 기차를 타고 가고있다. 그리고 호스텔 스테판 알려줌. 그 Sintra
가장 맛있다는 빵집 〈Pinquita〉를 물어봤더니 그 궁전 바로옆에 있는 것이다
해 태양나기 대문에 palace 가는것보다 그 빵집이 더 가고싶었어.
onal palacio 은 끼니해서 엄마는 안올라가고 나 혼자만 올라가서
착실히 스페인의 건축과도 다른 스타일이었고.
명할수 없지만 한부분 한부분이 너무나도 아름다워서
헸었다. 안 그릴수가 없었다. 사람들이 지나가는데
있으면 잘 안그려 집에는 어무나 졸랍다. 근데
손이 자동으로 그림을 그리고 있다. 엄마가 밖에서
앉기대문에 땡오라는 다그게 하나에 5분에서
밖에 안걸렸지만 금마라서 끄적여 끄적여

디테일이나 뭐 그런걸
다른사람들에게 보여주기엔
미래에 내가 이런 부분 부분들이
느낀 감동이나 냄새나 기분.
내기를 바란다. 뭐그건 그림
이여도 사진보다는
깊어지는 하는것
같다. 이 성
다음에는.
pinquita에
갔다 가고, 산속의
있다는 성에 가는
버스 타려고
계획하고 있었다.
근데 어떤
레스토랑이나
빵집이나
광장에
있는 유인데
씨너서 반하는
적혀이 있는
보면서 고민하는

자기가 어 Sintra에
바로 반대면 전물은 가게 커줬다
건물은 지금은 병원이지만 자기가 대내려서 수 그 자선을 판으로 그 겨에서
으로 10분이면 앞으로 언제가는길에 무슨 터널으로하고 반 여편에 원넘

열일곱, 아트홀릭

초판 1쇄 펴냄 2015년 1월 15일
초판 4쇄 펴냄 2017년 7월 24일

지은이 김수완
펴낸이 고영은 박미숙

편집이사 인영아 ┃ 책임편집 박경수
뜨인돌기획팀 이준희 박경수 김정우 이가현
뜨인돌어린이기획팀 조연진 임솜이 ┃ 디자인실 김세라 이기희
마케팅팀 오상욱 여인영 ┃ 경영지원팀 김은주 김동희

펴낸곳 뜨인돌출판(주) ┃ 출판등록 1994.10.11.(제406-251002011000185호)
주소 10881 경기도 파주시 회동길 337-9
홈페이지 www.ddstone.com
대표전화 02-337-5252 ┃ 팩스 031-947-5868

ⓒ 2015, 김수완

ISBN 978-89-5807-554-7 03810
(CIP제어번호 : CIP2015000403)

열일곱, 아트홀릭

김수완 글.그림

뜨인돌

프롤로그

| 그날

다시는 학교로 돌아오지 않겠다고 다짐했던 날을 기억한다. 나는 아무에게도 말하지 않고 수업을 빠졌다. 추운 겨울이었고, 교복 입은 학생들이 줄줄이 등교하고 있었다. 무리 지어 장난치고 웃으며 걸어가는 모습을 한동안 바라보았다. 그 아이들이 걸어가는 길 끝에 학교가 있었다.

그 길을 벗어나서 무작정 다른 길로 향했다. 아무도 나를 찾을 수 없는 곳으로 가고 싶었다. 그곳에서는 잃어버린 나를 다시 찾을 수 있을 것 같았다.

공중화장실 쓰레기통에 교복과 실내화를 버렸다.

고흐의 색깔

나는 허약한 아이였다. 초등학교 때는 아파서 학교를 자주 빠졌고 늘 편두통에 시달렸다. 그러나 아침 찬 공기 속에서 혼자 실내화 가방을 빙빙 돌리며 등교할 때, 자전거를 타며 바람소리를 들을 때, 노래 부르고 그림 그릴 때면 아픈 것을 잊어버릴 수 있었다.

나는 예술가들의 작품을 모사하는 것을 좋아했다. 그들이 살아간 이야기 속에서 내 자신과 공통점을 찾았다. 그들은 나처럼 병을 앓고 아픈 사람들이었다. 종종 실패자로 취급되었지만 예민한 감수성으로 세상을 날카롭게 바라보고, 불타는 열정으로 고통을 그려 낸 이들이었다. 그들의 삶은 나에게 위안을 주었다. 작품 속에 쓴 색깔과 붓 터치를 통해서 그들의 고통을 이해할 수 있었다.

나는 특히 고흐를 좋아했다. 두껍게 칠한 물감과 울퉁불퉁한 표면에서는 말로 할 수 없는 고통이, 자주 썼던 진한 노란색에서는 외로움이, 바다와 같은 파란색에서는 그의 영혼이 느껴졌다. 그렇게 대가들의 색깔 하나하나를 따라하는 것은 내가 다른 이들을 이해하고 세상을 배우는 방법이었다.

나를 찾아서

중학교에 가면서 알게 된 세상은 이해할 수 없는 것들로 가득했다. 어떤 브랜드의 가방을 들고 있는가에 따라서 다르게 대접받는 세상, 인터넷을 열면 온갖 폭력과 비리에 관한 기사들, 그 옆에 다닥다닥

붙어 있는 선정적인 이미지들……. 구역질이 났다. 세상은 서로 짓밟고 함께 허덕이고 있었다.

학교는 세상의 축소판이었다. 우리는 매일 똑같은 교복을 입고 똑같은 공식을 외며 회초리로 다뤄졌다. 모든 공부는 오로지 점수와 등수만을 위한 것이었다. 나의 미래가 누군가에 의해 미리 정해져 있는 것만 같았다. 예술에 대한 관심을 키울 수 없는 꽉 막힌 환경 속에서 나는 아무런 흥미도 느끼지 못했다.

결국 수업시간에 딴짓만 하는 아이가 되었다. 또래들 사이에 끼기 위해 아이돌 가수들의 이름을 외우고 버섯머리를 하고……. 그러나 그 속에 '나'는 존재하지 않았다. 치장하는 것에만 열중하면서 그림 그리는 일을 멈추었다. 인기를 얻기 위해 모든 노력을 다했지만 또래에 끼는 데 실패했다. 나는 세상에서 완전히 버려졌다고 믿었다. 결국 학교를 그만두었고 검정고시로 중학교 과정을 마쳤다.

홈스쿨링을 하는 동안 나는 다시 그림을 그리기 시작했다. 처음엔 예술고등학교 진학을 준비했지만 차츰 우리나라 예술교육에 회의를 느끼게 되었다. 내가 예술을 사랑하는 이유는 작품 하나하나에 담긴 수많은 이야기들 때문이다. 그런데 우리 교육은 오직 완벽한 이미지를 그려 내기 위한 훈련일 뿐이었다. 스킬 위주의 훈련은 나에게 즐거움을 가져다 줄 수 없었다.

외국의 학교들은 실기보다는 창의적인 발상과 자유로운 포트폴리오

를 요구한다는 것을 알았다. 부모님의 반대를 무릅쓰고 미국의 예술
고등학교 두 곳에 지원해 모두 합격통지서를 받았고, 그중 장학금을
주는 학교를 선택했다.

2011년 여름, 나는 예술을 공부하러 홀로 미국으로 떠났다.

|여행

첫 여름방학이 다가오면서 나는 고민에 빠졌다. 유학생들 중엔 방학
동안 한국으로 돌아가서 미술 학원이나 토플 학원을 다니며 보충수
업을 하는 학생들도 많지만, 예술을 학원에서 배우고 싶진 않았다.

한국행 항공료나 학원비보다 싸게 내 자신을 '보충'할 수 있는 방법을
궁리한 끝에 여행을 생각해 냈다. 유럽에 있는 미술관에서 대가들의
작품을 보고, 따라 하고, 가는 곳마다 그림을 그리면서 연습하기로
마음먹었다. 부모님의 의견을 묻지도 않고 파리행 티켓부터 끊었다.

그렇게 3개월 동안 엄마와 유럽여행을 하게 되었다.

|나의 스케치북

나는 정해진 공식대로가 아닌 나만의 방법으로 세상을 알아 가고 싶
었다. 이곳저곳의 냄새와 색깔, 만나는 사람들로부터 배우고 싶었다.

여행을 다니면서 나는 매일 끊임없이 그림을 그렸다. 단지 스케치북
을 채우기 위해, 그저 바라보고 추억하기 위해 그린 것이 아니다. 한
장 한 장마다 스스로 경험하고 배우려는 간절함이 종이를 채우고 있

다. 여백마다 빽빽이 적어 놓은 글 속엔 새로운 것들을 보면서 떠올렸던 생각들, 나의 절망과 열정들이 고스란히 담겨 있다. 이 스케치북은 나를 위해 손수 제작한 교과서이다.

이 교과서는 정해진 계획에 따라 만들어진 게 아니다. 그렇기에 이 안에는 자유가 있다. 내가 스쳐 온 순간들, 그리고 나의 꿈이 담겨 있다. 나는 이 책을 영원히 간직할 것이다.

스페인 포르투갈
Spain, Portugal

2012. 6. 5. 출발

내가 바라던 유럽에 결국 간다. 시카고에서 갑자기 비행기 노선이 바뀌어서 뉴워크로 경유하지 않고 바로 파리로 간다. 그러면 게이트가 바뀔 텐데, 어떻게 엄마를 만날 수 있을지 모르겠다. 아무튼 예정보다 빨리 도착하게 되어서 다행이다. 나는 창가 쪽에 앉고 싶었는데 그렇지 못해서 짜증나지만 나중에 파리에 도착할 쯤에는 꼭 에펠탑을 보기 위해 고개를 돌려야지.

유학을 떠나온 지 9개월이 지났다. 시간이 어떻게 흘러갔는지 모르겠다. 매일 과제에 시달리고 에세이 쓰고 아이디어 짜고 밤새우고…… 집 생각할 새도 없이 지나갔다.

나는 어려서부터 미술 여행을 하고 싶었다. 여름방학을 맞아 한국 돌아갈 비행기를 찾다가 우연히 파리행 표가 싸다는 것을 알았다. 방학 때 한국 왔다갈 돈으로 유럽에서 싼 호스텔에 머물고 역에서 노숙을 하더라도 한국은 가기 싫었다. 방학 때 집에 가면 게을러질 것이 뻔하다.

어릴 때 나는 17살이 되면 무언가 대단한 것이 될 줄 알았다. 유관순도 열일곱 아니었나? 아무튼 17살에 아주 특별한 일을 하고 싶었다. 내가 생각했던 대단한 일이란 혼자 여행을 하는 것이다. 나는 유럽 미술관에 가는 게 꿈이었다. 유럽은 만 18살 이하는 미술관이 공짜니까 그 전에 보고 싶은 그림들을 실컷 보고 싶었다.

내가 집에 안 가고 지구가 멸망하기 전에 유럽에 가서 그림들을 봐야 한다고 우기니까, 가족들이 뜯어말리다가 결국 엄마가 따라나서게 되었다. 17살은 가장 아름다운 나이라고 생각한다. 가장 아름다운 이때의 나에게 나는 큰 선물을 주기로 했다. 근데 너무 졸리다. 빨리 밥이나 나왔으면 좋겠다.

참 평화롭다. 구름의 결들이……. 인간 세계와는 관련이 없어 보이면서도 있어 보인다. 죽은 영혼들이, 기억들이 뭉쳐서 둥둥 떠다니는 것 같다. 어떠한 감정도 느껴지지 않는다. 자연은 감정이 없다. 주장하지도 않는다. 그저 결들이 존재하고 있을 뿐이다. 저 구름들은 이유가 없다. 빗고 나서 쓰레기통에 던져 버린 개털들의 영혼 같다.

아까는 지는 태양빛을 받았는데 지금은 다시 뜨는 태양이 보인다. 계속 몇 십 분째 구름만 바라보고 있자니 나는 아무것도 아니다. 어쩌면 추상화는 그런 것인가 보다. 구름 사이로 보이는 바다의 물결들이 내 피부결과 비슷하다. 밑에서 일어나는 사소한 인간의 일들을 구름이 비웃는 것 같다. 무언가 움직이는 것 같으면서도 멈춰 있다. 시간이 멈춰 버린 것 같다.

세상에서 아무도 나를 이해해 주지 않고 당연히 나는 혼자다. 이런 외로움을 각오하고 미국에 갔다. 학교에서 누군가 내 깊은 속마음까지 이해해 주는 것은 애초에 바라지 않았다. 서운할 때도 많았지만 주위에는 항상 많은 사람들이 같이 있어 줬다. 중국 애들은 특히 마음이 잘 통했다. 심지어 사이가 나쁜 룸메이트도 가끔 내가 훌쩍훌쩍 울 때면 가식이었는지는 모르지만 달래 주곤 했다.

학교에서는 혼자일 때도 지루한 적은 없었다. 아트빌딩에 혼자 남아서 작업할 때는 정말 행복했다. 밤에 아트빌딩에서 작업을 하다가 보름달이 너무 밝아서 야외 오페라 필드에서 오래 바라봤던 기억이 난다. 어느 날 아침에는 빌딩 옆 풀밭에서 자고 있는데 내가 기절한 줄 알고 애들이 놀라며 걱정했던 기억도 난다. 친구 소저너가 보고 싶다. 학기 초에는 엄마에게서 듣던 잔소리를 선생님인 에이미하고 존한테 들었던 것 같긴 하지만, 그럭저럭 무사히 한 학년을 마칠 수 있었다.

6. 6. 파리 공항

 게이트를 빠져나와 공항을 돌고 돌아 출구로 나오니까 엄마가 기다리고 있었다. 엄마를 파리에서 만났다는 게 믿기지 않는다. 망할 멀미 때문에 비행기에서 진짜로 개고생을 했다. 아무튼 나도 이제 엄마가 있다!

 속이 조금 울렁거리긴 했지만 호텔 로비에 쌓여 있는 마들렌을 몇 개 먹어치웠다. 그리고 엄마랑 호텔 주변을 산책했다. 아직도 여기 온 게 믿기지는 않지만 나는 파리에 온 것보다 오징어짬뽕과 누룽지를 먹어서 기쁘다. 아무리 생각해도 엄마를 무사히 만나서 다행이다.

 오랜만에 푹 잠들었다. 엄마가 옆에 있으니까 뭔가 떠돌다가 편안한 곳에 돌아온 느낌이다. 새가 오랫동안 날아다니다가 휴식을 하러 잠시 나뭇가지 위에 앉은 느낌?

자는 엄마
6/5/2012

6. 7. 마드리드

이제 보딩이 시작됐다. 스페인에 가는 것이 신나지만 환상을 갖지 않으려고 노력한다. 세상은 판타지가 아니니까. 유럽에 온 것에 너무 들뜨지 말고 침착하게 내 예술에 대해 생각하면서 여행해야지.

드골 공항 터미널에서

마드리드에 도착했다. 비행기에서 책 좀 읽고 공항에 도착하자마자 지하철 타고 숙소에 왔다. 엄마 짐을 내가 대신 들어 줬는데 큰 캐리어를 끌고 계단을 오르내리고 갈아타느라 힘들었다. 여기 있는 동안 그림을 많이 그리고 미술관에도 많이 가야지.

광장을 싸돌아다니며 궁전을 찾아 헤매다가 결국 찾았다. 스페인 거리거리 하나하나 다 환상적이다. 열일곱 이 순간에 나는 그림을 그리고 엄마는 글을 쓰고, 너무 멋지다고 생각한다. 이곳에 오니까 모든 거리, 건물, 사람 하나하나 다 그리고 싶다.

나는 지금 오직 예술에 미쳐 있다고 말할 수 있다. 내가 원하는 사

알무데나 성당(왼쪽), 마드리드 레알 궁전(오른쪽)

람으로 성장하기 위해 모든 것을 다 할 수 있다. 예술가들에게는 고통스러운 생각과 감정들이 금이라는 것을 알았기 때문에 내 미래에 일어날 모든 일에 대해서 나는 두렵지 않다.

협소한 정보와 사고만으로는 예술을 할 수 없다. 많이 경험하고 돌아다니고 어떤 것이든 다양하게 배워야 한다. 남에게 일어나지 않은

엄마(프라도에서)

일이 왜 나에게만 일어났는지 탓하지 말아야 한다. 그것들이 내 개성
을 만든다.

　지극히 개인적인 것은 나아가서 보편적이다. 예를 들어 나의 엄마
를 얘기한다면 너의 엄마이기도 하고, 세상 모든 엄마에 관한 것이어
야 하며, 또 언제까지나 나의 엄마에 관한 것이어야 한다. 그러면서도
새롭고 개성적이어야 한다.

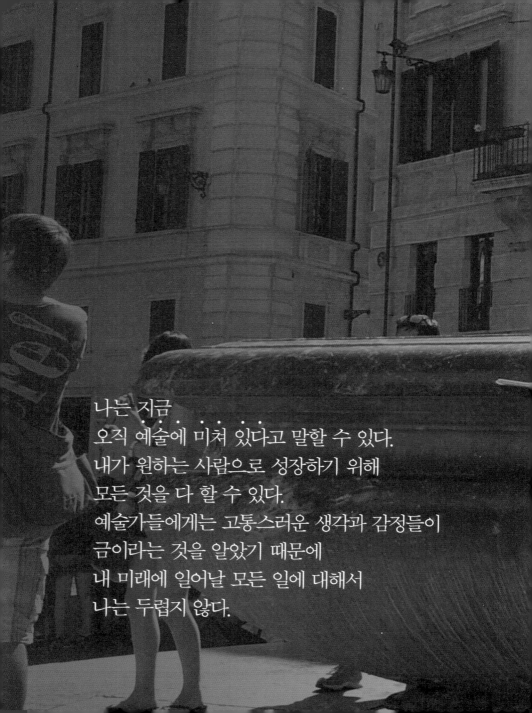

나는 지금
오직 예술에 미쳐 있다고 말할 수 있다.
내가 원하는 사람으로 성장하기 위해
모든 것을 다 할 수 있다.
예술가들에게는 고통스러운 생각과 감정들이
금이라는 것을 알았기 때문에
내 미래에 일어날 모든 일에 대해서
나는 두렵지 않다.

6. 8. 톨레도

오늘은 7시 40분쯤 일어나서 아침을 먹었는데 그 맛이 감동이었다. 미국에 있는 동안 한국 음식을 별로 먹지 못했는데, 평소 먹고 싶어 했던 시금치가 나와서 너무 기뻤다. 1년 반 동안 부침개를 먹어 본 적이 없다 보니 평소 좋아하는 음식이 아니었지만 맛있었다.

정말 많은 조각품과 그림들, 벽화들을 보면서 그 사람들은 신의 경지에 다다랐고 나의 그림들은 얼마나 찌질한지 느낀다. 레오나르도 다빈치 스케치북을 보고 그가 얼마나 깊게 생각하고 연구했는지 알 수 있었다. 자신이 좋아하는 분야를 끊임없이 생각하고 연구하는 것이 얼마나 멋진가. 내가 한없이 작은 존재로 느껴질 때면 짜증이 나면서도 아직 나에게 많은 단계가 남아 있어서 그 계단을 오를 생각에 설렌다. 이렇게 많은 곳을 돌아다니면서 고생을 하고 있지만 미술관을 다니면서 작품과 그 시대의 종교, 정치, 사람들의 인생과 예술가들의 반응을 보는 것이 너무나도 신난다.

인생을 멋지게 살고 여행하는 사람들을 보면 나 자신이 왜 그렇게 짜증이 났었고 게을렀는지 후회된다. 책을 많이 읽었거나, 그림을 그렸거나, 영어를 더 공부했거나, 차라리 스페인어라도 배웠으면 현재의 나는 얼마나 더 나았을까 하는 자책감에 묶여 있다. 그렇지만 테트리스처럼 내 인생에 그런 빈 공간도 필요하다. 빈 공간들은 게임이 진행

타호 강 풍경

되는 데 아주 중요한 요소이다. 꼬맹이였던 나에게 미안한 생각이 들어서 어릴 때 내 자신에게 했던 기대를 저버리지 않으려고 한다.

열일곱은 여행 다니기에 가장 좋은 때이다.

6. 9. 세고비아

지금은 마드리드로 돌아가는
버스를 탔고 5시가 지났다. 거의 여섯
시간을 걸었더니 다리도 쑤시고 피곤하다.

세고비아 대성당에서 많은 생각을
했다. 그 시대의 조각과 그림들은
신에 대한 믿음과 숭배의 정신이 가득
담겨 있다. 정말 신앙심이 생길 정도로
신비함이 묻어난다.

나는 신이 존재한다고 생각한다. 믿는 대로 이루어지는 것

세고비아 수도교

6/9/2012 Segovia

알카자르에서 바라본 세고비아 대성당

아닌가? 신이 존재하지 않더라도 신앙심으로 이런 성스러운 성당을 만들고 그림을 그린다. 나는 인간이 신을 만들었다고 생각한다. 우리는 평소에 믿음으로 살아간다. 나는 우리 엄마가 내 엄마라고 믿지만 살아가는 동안은 내가 믿는 것이 사실인지, 신이 존재하는지, 한국산 쇠고기가 미국산이었는지 알 수 없다.

스페인은 조상들이 일궈 놓은 화려한 예술과 유물들로 먹고살고 있다. 그것은 자산이다. 나도 나 자신의 자산이다. 나는 매 순간 죽는다. 그리고 스스로 나 자신의 조상이 된다.

내 미래에 도움이 되려면 많은 것을 일궈 놔야 한다. 지금 예술가들은 옛날 예술가들의 작품을 재디자인하거나 영향을 받아서 계속 세계를 일궈 간다. 한국은 우리가 가진 고유성을 너무 많이 파괴했다.

그림을 그리는 동안 다른 관광객들이 옆에서 지켜보거나 힐끗힐끗 보고 간다. 그러면 조금 부끄럽긴 하지만 신경 쓰지 않는다. 빨리 다른 장소로 이동해야 하고 엄마가 기다리고 있고 아무튼 여러모로 최대한 빨리 그려야 하니까. 내가 보고 있는 것에만 집중하다 보니 다른 것은 다 차단이 된다.

추상적인 작품들, 칸딘스키나 몬드리안이나 그런 작품에 나는 관심이 없었다. 언제나 알 수 없기 때문이다. 그런데 비행기에서 구름들의 모양과 결을 보고 생각이 바뀌었다.

　가만히 생각들을 풀어놓으면 내 생각들은 흘러 다닌다. 어제에서 4년 전으로 또 이 장소와 저 장소로, 길에서 들은 노래들과 수업 시간에 들은 말투들(그것은 곧 결이라고 할 수 있다)이 섞이면서 계획 없이 바람처럼 떠돈다. 구름들은 추상적이다. 가만히 눈을 감고 잠이 들기 직전에 흘러 다니고 섞이는 생각들처럼, 눈을 감으면 어둠 속에서 떠오르는 무늬들처럼……. 추상적인 것들은 눈을 감고 생각들을 공간 속에 풀어놓은 뒤 클레이(점토)를 마구마구 주무르는 것과 같다.

　무의식의 세계는 또한 현실 세계에 속한다. 칸딘스키의 작품은 그 시대의 정치상황과 예술세계의 흐름을 보여 주고 대표한다. 몬드리안도 그렇다. 큐비즘 또한 그렇다. 바람은 계획 없이 리듬을 타고 헤집고 다닌다. 모든 자연은 말없이 공간에서 소용돌이치면서 생성되고 구성된다. 추상작품들 또한 구성되고 짜여지며 배치된다. 추상작품들은 그렇게 일어나는 것들을 찰흙처럼 주물럭거린 결과인 것 같다.

6. 10. 프라도 미술관

벨라스케스 〈시녀들LAS MENINAS〉

일단 이 그림은 엄청 크다. 역시 책에서 사진으로 보는 것과 실제로 보는 것은 너무나 다르다. 어린 피카소는 학교 가는 길에 미술관에 들러서 이 작품을 보고 갔다고 한다. 그리고 벨라스케스를 어떻게 이길까 하고 절망했는지는 모르지만, 나중에 큐비즘으로 다시 표현함으로써 이 작품을 재창조했다.

야망을 품은 소년 피카소가 서 있던 공간에 내가 지금 서 있다. 흘러간 예술가들이 영향받은 발자국을 내가 지금 밟고 있는 것이다. 정말 대작이라 불릴 만하다. 멀리서 보면 3D처럼 생생하고 신비롭다. 계단을 올라가서 거울 쪽을 보고 있는 사람, 문의 디테일, 완벽한 구조와 밸런스……. 창문으로 조심스럽게 스며든 햇빛은 공주를 가장 밝게 비추고 있다. 이 그림을 보고 나서 다른 화가들의 작품을 보니 눈에 들어오지 않는다. 나도 그런 경지에 다다를 수 있을까? 나 자신이 너무 초라하게 느껴진다.

루벤스 〈파리스의 심판The judgement of paris〉

헤라와 아프로디테와 아테나의 아름다움을 파리스가 심판하는 것이다. 그 시대에는 통통한 여자들이 미인이었다. 이 시대의 미의 조건이란 무엇인가? 그리고 그것을 어떻게 심판하는가? 미인도 대량생산

엄마(카페에서)

되는 시대인가. 나는 현대식 아름다움과 그것을 심판하는 자를 그릴
까 생각 중이다.

에드워드 호퍼Edward Hopper

시대별 작품을 보면서 음악과 정치와 사상, 이런 것들도 다 유행에
따라 함께 흘러간다는 것을 알았다. 누가 그 유행의 선두에 있나? 그
사람은 아마 현실 직시 능력이 뛰어나거나 아무튼 무언가가 다른 사
람들하고는 다르다. 오래 끊임없이 연습하고 배우고 행동하는 사람,
미친 사람이 선두가 되는 것 같다.

모든 페인팅마다 그것을 위한 드로잉이 먼저 있었다. 캔버스 사이
즈와 색깔을 어떻게 쓸 것인지 미리 상세하게 적었다. 모든 예술가들
이 스케치북에 먼저 많은 드로잉을 남겼다. 순간포착과 기억력!

6. 11. 아빌라

아빌라 대성당은 다른 성당과 다르게 로르카*가 말한 것처럼 검붉은색이었다. 그 느낌을 너무나 그리고 싶었는데 잘 안 됐다. 내가 파리에 가 있을 때쯤이면 내 그림 실력이 웬만한 대학생 못지않게 늘었으면 한다.

나만의 세계가 있어야 한다. 빨간색, 파란색, 그 어떤 색깔도 아닌 내 색깔! 내가 색칠한 공을 내 발로 튕겨 세상 속으로 차 넣어야 한다.

소피아 미술관에서 실제로 〈게르니카〉를 보니 전에는 몰랐던 죽은 새가 보인다.

끔찍한 전쟁과 분열의 상황에서도 예술의 삶은 그 상황을 기록함으로써 이어져 왔다. 예술가는 자신이 있는 환경에 대해 민감하게 반응하고, 그것을 자신이 느끼는 방법으로 표현한다.

---

* 페데리코 가르시아 로르카(Federico Garcia Lorca, 1898~1936). 스페인의 국민시인으로 불리는 시인 겸 극작가. (편집자 주)

아빌라 대성당

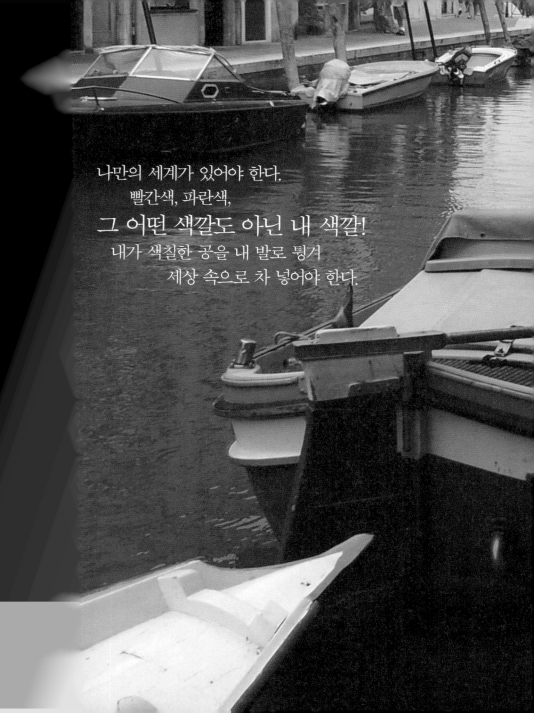

나만의 세계가 있어야 한다.
빨간색, 파란색,
그 어떤 색깔도 아닌 내 색깔!
내가 색칠한 공을 내 발로 튕겨
세상 속으로 차 넣어야 한다.

6. 12. 쿠엔카

여름방학이 천천히 갔으면 좋겠다. 스페인 날씨는 오늘도 아름답다. 학교에서는 겨울 내내 눈만 내렸기 때문에 지금 느끼는 이 햇볕이 너무 좋다.

어렸을 때부터 나는 새가 되고 싶었다. 새가 하늘을 날듯이 팔을 펄럭거리면 붕 떠올라서 세상을 한눈에 내려다봤으면 하고 바랐다. 초등학교 때까지도 침대에서 그 연습을 했었다.

많은 사람들이 꽉 막힌 늙은이, 아무것도 모르는 무식한 놈, 쟤는 너무 순진해, 라는 말들을 하는데 정작 꽉 막힌, 아무것도 모르는 사람들은 자기 자신이 그렇다는 사실을 모른다. 술 취한 사람이 술 냄새를 못 맡고 담배 피는 사람이 담배에 찌든 자신의 냄새를 못 맡듯이 말이다.

순수했던 초등학생 시절에 나는 내가 전혀 순수하다고 느끼지 않았고, 나름대로 세상을 다 알고 있다고 생각했다. 돌이켜 보면 그때 나는 정말 순수했고 모르는 것이 많았다는 것을 그 세계를 벗어나서야 알았다.

그동안 한국에서 얼마나 조그마한 생각과 세상 속에 있었는지 미국에서 학교를 다니면서 알았다. 그렇지만 그런 생각들이 조그맣기 때문에 쓸데없거나 하찮은 것은 아니다. 뿌리가 뿌리를 뻗고 나가듯이 손은 파고들어가 보면 피부로 이루어져 있고 피부는 세포로 이루

CUENCA
6/12/2012

쿠엔카 미르도르 언덕에서 1

6/12/2012

쿠엔카 미르도르 언덕에서 2

어져 있다. 세포 안의 세계도 끝없이 넓다. 한곳에 머물러 있으면 그 것을 잘 모른다.

어릴 때 읽은 동화책에서 대부분의 생쥐들은 코끼리의 한 부분만 보고 부채나 빗자루라고만 알고 끝나지만, 한 생쥐는 코끼리 전체를 여행하고 그것은 부채나 빗자루가 아닌 거대한 코끼리라는 것을 알 아냈다.

나는 이 세상을 빗자루나 부채라고만 믿고 살고 싶지 않다. 한국어 로만 말할 줄 알다가 가고 싶지 않다. 그렇다고 자기가 보고 온 것이 부채였다고 생각한 생쥐가 무식하거나 틀린 것은 아니다. 그 생쥐가 느꼈기 때문에 그것은 사실이다. 세상에 가치 없는 생각이나 가치 없 는 삶은 없다. 그것이 무엇이든 자신이 행복하고 가치 있다고 생각하 면 그 존재의 가치이기 때문에 가치 있다.

내 세계에서는 예술이 가장 가치 있다. 나는 피아노 치는 것을 좋 아한다. 또 문학, 철학, 음악, 역사, 과학, 의학, 법. 모든 것이 좋다. 예 술은 이 모든 것들을 가장 많이 맛보고 즐길 수 있는 길이라 생각한 다. 여태까지 이 시대를 살다 간 예술가들이 멋지다. 하나의 생각에 구속되지 않고 그 시대에 당당히 반항하고 엿 먹이는 것이 멋지다. 예 술가들처럼 앞서 가는 생각을 하고 싶다. 도대체 앞서 가는 생각이란 무엇이고 또 새로운 생각이란 무엇인가?

Anton Martin 6/12

숙소 발코니에서 바라본 저물녘 안톤 마르틴 거리

피라네시*의 공간적 상상력은 믿을 수 없을 만큼 뛰어나다. 이런 작품들을 많이 보는 것이 중요하다. 이런 천재성 또한 무(無)의 상태에서 나온 건 아닐 것이다. 베니스에서 태어나 로마에서 활동한 이 사람도 로마의 건축들을 보고 공부했을 것이다. 피라네시 또한 시(詩) 속에서, 문화 속에서 영향을 받았고 지금의 현대적 기법(Modern Tec)은 피라네시의 작품과 상상력에서 영향을 받는다.

---

* 조반니 바티스타 피라네시(Giovanni Batista Piranesi, 1720~1778). 이탈리아의 판화가이자 건축가. 고대 로마의 예술을 탁월한 공간적 상상력으로 재해석함으로써 건축, 미술은 물론 문학에까지 큰 영향을 끼쳤다. (편집자 주)

6. 13. 티센 미술관

오늘은 티센 미술관을 오전부터 다 돌아봤다. 살바도르 달리, 반 고흐, 피카소, 초창기 작품들과 유명한 작품들, 호퍼의 사실주의 작품들을 봤다. 그 사람들이 쓴 드로잉, 스타일, 페인팅 색깔, 모든 것을 내 머릿속에 넣었다가 써먹고 싶다. 여름 내내 미술관을 다니면서 계속 보고 연습할 것이다.

끊임없이 연습하고 생각하고 미치는 그 차원, 그 순간에 도달할 때가 있다. 잘 그려야 한다는 걱정을 버리고 내가 보고 있는 것에 집중하고 손에 모든 것을 맡기면, 꼭 머리가 하늘 꼭대기에서 밧줄처럼 연결되는 느낌이 들면서 엄청난 집중력이 생긴다. 그럴 때는 누가 옆에서 나를 본다는 사실도 자각하지 못한다.

고고학 박물관에서 레오나르도 다빈치 전을 봤다. 다빈치는 나처럼 왼손잡이였고 글을 거꾸로 썼다. 오후에는 소피아 미술관에서 6시까지 있었다. 오랫동안 작품들을 보면 허리가 너무 아프고 배고픈데 내 정신은 너무나도 맑아진다.

나는 중학교에 적응하지 못한 것에 대해 항상 자괴감에 빠져 있었고 창피했었다. 그러나 이제는 그것이 예술가라면 당연한 것이라 생각한다. 예술가는 사회에 잘 적응할 수가 없다. 법칙에 순응할 수가 없다. 많은 예술가들의 삶을 보면 다는 아니지만 정말 많은 사람들이 학교를 때려치웠다. 피카소는 14살 때 예술학교에 다니다가 규칙과 생활에 적응하지 못하고 때려치웠다. 17살 때도 마드리드 왕립예술학교를 갔다가 또 때려치웠다.

민박집에서 젊었을 때 바이올린을 했다는 아저씨를 만났다. 예술은 다른 사람에 대한 경쟁심으로 이기려고 하면 안 된다고 했다. 자기 자신이 좋아서 스스로 하는 것이라고 했다. 그리고 하루에 일곱 시간 열 시간씩 하는 게 아니라 가끔은 쉬면서 정신을 맑게 해야 더 잘된다고 한다. 말이 맞는 듯하다.

자전거 배우던 때가 생각난다. 아무리 두발자전거를 타고 나아가려고 해도 안 되서 때려치우고 잔디 위에서 한숨 낮잠을 자고 일어나 시도해 보니까 됐었다. 그때 이후로 나는 두발자전거 타는 법을 알게 되었다. 내가 그것을 항상 기억했으면 좋겠다.

나는 항상 세계 어딘가의 나보다 뛰어난 또래들이나 한국, 미국의 다른 예술고등학교 학생들, 대학생들과 비교하면서 이기고 싶은 경쟁심이 가득하다. 이제 그만 찌질한 마음을 버리고 내가 좋아서 내 만족을 위해 순수한 마음으로 할 거다.

영화 〈모딜리아니〉에서 음악 '아베마리아'가 나올 때 피카소와 모딜리아니가 미친 상태에서 그림을 그린다. 아, 그 신의 경지에 오르는 것은 얼마나 멋진 일인가.

Buen Retiro Park
6/14/2012　3:25PM

마드리드 부엔레티로 공원

6. 14. 마드리드 - 산티아고

지금은 차마르틴 역에서 산티아고 가는 렌페(renfe, 스페인 국영철도)를 기다리고 있다. 마드리드는 걱정했던 것과 달리 안전했다. 우리가 무사히 잘 보낼 수 있어서 감사하다.

손가락이 잘리고 얼굴에 화상을 입어서 거의 녹기 직전인 사람을 지하철에서 봤다. 사람들에게 무슨 종이를 나눠주고 있었다. 스페인에도 한국처럼 이런 사람들이 있구나. 우리는 2유로를 기부했다.

여태까지 내가 한 생각들이 바보 같다. 예술가로서 돈을 많이 벌어서 부유층에 들어 편안히 안주하려는 생각. 그러나 예술이란 작품으로 돈을 많이 벌어 부유해지는 것이 아니다.

예술은 부의 상징이기도 하지만 가난의 상징이기도 하다. 고흐의 〈감자 먹는 사람〉 〈창녀〉는 그 시대에만 존재했던 것이 아니다. 내가 예술가라면 회피하지 않고 똑바로 보고 어루만져야 할 부분이다. 캄보디아에서 쓰레기를 뒤지며 목말라했던 아이들을 잊어서는 안 된다. 명성이나 예술계에서의 주목, 부유함을 바라기보다 세계를 떠돌면서 많은 것들을 발견하고, 썩은 냄새를 구역질난다고 회피하지 않고 그것을 만져 보고 느끼고 결국에는 예술로 정화하려고 노력했으면 좋겠다.

　내가 얼마나 모순되었는지 모르겠다. 내가 하고 싶은 것을 위해 혼자 돈이란 돈은 다 쓰고, 내가 하고 싶은 거 다 하면서 말로만 북한의 빈곤과 아프리카의 질병이 문제라고 떠들어 댄다. 더 능력 있는 부모 밑에서 컸다면 학비 걱정을 안 해도 될 텐데, 하고 있으니 참으로 바보 같고 멍청하다. 언젠가 실제로 그런 상황에 뛰어들어서 가난의 참모습을 직접 보고 올 것이다.

6. 15. 산티아고

산티아고의 날씨는 약간 춥고 밖에는 비가 내린다. 하루 종일 해가 쨍쨍한 마드리드가 그립다. 호스텔에 들어섰을 때 분위기는 무서웠지만 사람들은 친절했다. 털이 북실북실한 아저씨들이 설치고 다니니까 이상하다. 그래도 이런 분위기가 재미있다.

거실에 앉아서 TV 보는 사람들을 그렸다. 사람들에게 보여 주니까 반응이 장난 아니었다. 내가 워낙 수줍음을 타서 사람들을 그리는 건 나로서는 큰 용기였다. 아무튼 다들 좋아해 줘서 다행이다. 내가 순간을 포착해서 기억하는 능력이 조금 생긴 듯하다.

그리는 도중 사라진 우루과이 남자. 미완성(왼쪽)
호스텔 거실에서 TV 보는 사람들(오른쪽)

6. 16. 피니스테레

피니스테레는 유럽인들이 지구가 둥글다는 사실을 알기 전에 세상의 끝이라고 여기던 바다라고 한다. 피니스테레로 가는 대서양 해안가 마을. 이곳 사람들은 친절하고 시원해 보인다. 버스비는 6만 원 정도 나왔지만, 버스 타고 가는 길에 강도 나오고 마을들이 아기자기하고 예쁘다.

지금 풍경은… 바다가 보인다. 안내원이 3시간 걸릴 거라 했는데 벌써 도착했는지 모르겠다. 아무튼 너무 아름답다. 이 모든 순간을 그림으로 남기면 좋을 텐데……. 그렇지만 내가 보는 순간들을 내 안에 담아 두기로 한다. 답답함이 해소되는 듯하다.

한국에서의 학교 생활이 힘들었지만 미국에서도 힘들기는 마찬가지였다. 다만 미국에서는 내가 목표가 있고 예술 공부를 맘껏 하니까 아무리 힘들어도 견딜 수 있었다.

우리 학교엔 등수 자체가 아예 없다. 시험 성적으로 등수를 나눈다는 것을 절대 이해하지 못한다. 그러나 배우려고 하는 자세는 엄청 중요시한다. 한국 학교에서 나는 이것이 옳다, 틀리다, 좋다, 나쁘다고 정의하는 것이 정답이 아니라고 느꼈었다. 그 속에서 내가 뭔가 배우고 발전할 기회는 없었다.

이제 나는 이 세상을 나를 가르치는 스승으로 삼기로 했다.

6/16/2012

엄마(피니스테레에서 버스를 기다리며)

6. 17. 산티아고 대성당

대성당 전체를 다 그리고 싶었지만 처음에 너무 크게 잡았다. 게다가 배가 너무 아프고 비가 내려서 추우니까 집중이 잘 되지 않았다. 이 카데드랄(Cathedral, 대성당)은 디테일이 너무 많아서 그리기 몹시 힘들다. 산티아고에도 박물관과 미술관이 많은데, 비 오고 피곤하고 귀찮아서 그냥 쉬려고 한다.

오늘은 점심으로 스테이크랑 샐러드를 먹고 레스토랑에 계속 앉아 있다. 밖에 비가 내려서 도저히 그림을 그릴 수 있는 환경이 아니다. 어제는 긴팔을 입고 잤는데도 너무 추웠다. 잘 때 추운 것이 세상에서 제일 괴롭다. 학교에서 룸메이트가 맨날 히터를 끄는 바람에 달랑 이불 한 장을 덮고 자느라 매일 추웠다. 생각만 해도 억울하다. 나는 추운 것보다는 차라리 더운 것이 좋다. 마드리드의 뜨거운 햇볕이 그립다. 나는 비 내리고 해 없고 추운 날씨가 세상에서 제일 싫다.

밤 버스를 타고 스페인을 떠나 포르투갈로 간다. 지금 막 버스를 탔다. 리스본에서 에그 타르트를 많이 먹어야지, 하하하!
창밖에 보이는 저녁 10시의 풍경은 너무나도 예쁘다. 아직 깜깜해지지는 않았다.

산티아고 대성당(오른쪽 페이지)

6/17/2012

Catedral in Santiago
de Compostela

오늘은 산티아고에서 지내는 마지막 날이다.
벌써 2박3일이 갔다. 생각을 해서 그런지
S느느 컨디션은 그닥 좋지 않다. 이 대성당
전체를 다 그리고 싶었지만 처음에 크기를
크게 잡은데다가 배가 너무 아프고 비가
내려서 죽으니까 집중이 잘 되지 않았다.
그 우루과이에서 왔다는 남자가 나를
기가막히게 찾고는 사진을 찍어갔다.
크리피했다. Muy bien! 이러고 한참
브여가 갔는데. 내가 그리는 중간에
20까지 가서 아직도 박힌다. 이 까떼드랄
은 디테일이 너무 지나치게 않아서 그리다가

17/6/2012 〈 PAZO DE RAJOY 〉

락소이 궁전. 현 산티아고 시청
전망대에서 바라본 리스본 전경(오른쪽 페이지)

18/6/2012.

6. 18. 리스본

  리스본에 내리니 새벽 5시가 안 되었다. 밖은 춥고 어둡고 터미널 건물은 닫혀 있어 밖에 있는 의자에서 7시까지 잤는데, 너무 추워서 괴로웠다. 지금 척추가 뻐근해서 사망 직전이다. 그렇지만 조금 있다가 에그 타르트 먹을 생각을 하니 행복하다.

  오늘 리스본 공원 전망대에서 너무 피곤했다. 내가 어떤 정신으로 그림을 그렸는지 모르겠다. 그림 따위는 그리기도 싫었다. 그냥 가고 싶었지만 하루에 최소 2장은 그리기로 스스로 약속을 해서인지 나도 모르게 스케치북을 펴고 있었다. 감기 기운도 있고 피곤하고 뻐근한 데도 자동으로 그림을 그리고 있는 내가 이해가 되지 않았다.

6. 19. 신트라

그림을 그리고 있는데 위층에서 남자들이 "Oh, there is a girl drawing something. down stair!"라고 하면서 내 그림을 보려고 우루루 몰려 내려왔다. 나는 쪽팔려서 도망쳤다.

신트라 궁전은 입장료가 7유로나 해서 엄마는 안 들어가고 나 혼자만 들어가서 구경했다. 확실히 스페인 건축과는 다른 스타일이었고, 글로는 설명할 수 없지만 한 부분 한 부분이 너무 아름다워서 다 그리고 싶었다. 안 그릴 수가 없다. 엄마가 기다리고 있어서 하나 그리는 데 5분에서 10분 정도의 시간밖에 들일 수 없었다. 급하게 그리느라 디테일을 넣을 수가 없었다. 미래에 이런 부분들이라도 보고서 내가 느낀 감동이나 냄새, 기분을 기억해 내기 바란다.

페나 성으로 오는 길에 조그마한 식물원 같은 공원이 있었다. 장미꽃 같은 빨간 꽃들이 생생한 채로 바닥에 많이 흩어져 있었다. 내 열일곱 살을 축복하는 꽃 같았다. 꽃 세 개를 주워서 꽃잎을 다 뜯어 연못 위에 뿌렸다. 나는 최고의 열일곱 살을 보내고 있는 것이다. 매일매일 새로운 나라, 새로운 도시, 사람들. 모든 순간이 아름답다.

미래의 나는 지금의 나를 질투할 것이다. 나는 어리고 젊다. 생긴 것은 예쁘다고 생각지 않지만 생김새 따위는 상관없다. 나는 내가 아

름답다고 생각한다. 내 열정은 심장에서만 뛰는 것이 아니라 내 눈
과 머리까지 올라와 빛을 낸다. 내 눈은 전보다 맑고 반짝거린다. 내
가 못할 것이 있을까? 나는 지금 여행하면서 꽃향기나 고성의 냄새를
흠뻑 맡고, 매일 새로운 곳을 걷고, 짜증 내고, 느끼면서 정말로 살아
있다고 느낀다.

19/6/2012
7:30 Palacio da Pena

모루스 성에서 바라본 페나 성

Palacio Nacional de Sintra
National Palace

오늘은 아침 8시쯤에 일어났었던것같다. 시계
세팅을 안해봐서 1어인줄알고 아침이 끝난줄
알고 엄마 기다리면서 먹고있는데 막상 아침
먹으라고 형박해서 깨를
엄마는 썼느라고 안 내려
와서 혼자먹고 엄마
먹을때 또 먹었다.
뭐질 아조 아침은
조금 허술했
지만 빵이랑
샘이랑
버터랑
핫초코랑
시리얼이랑
우유랑 쥬
잔 해서

Sintra   19/6/2012 에서

아마 제충나드다 그림이
어떻게 어떻게 개감의
그려길 내어었서

배가 터지게 먹었어. 아침먹고
직원한테 포루투갈에 2틀 재내고
가운데 가장 추천하는 뭐은 어디냐고
물어보고 아름다운데 추천해알라고
하니까 Sintra에 가봐라고해어.
그래서 이 지역에는 아름다운 궁전도
많고 "It's just very very
beautiful place. you need to
go." 다고 하길래 먼저는 안았는게
추천리 추는곳이니까 아무튼
알여주는데도 지도를 받았는데
손아빠는가 있고 그열의 바로 기차역이 다고 해서.

→ 이 그림은 그리고있는데 희중일떠서
남자들이 "oh there is a girl
drawing Something, down sta
라고 하길래 내 그림을 번짝 내려서
죄아. 그게 되게박어서 스랭정했다.

어제 갔던 기차역인 ROSSio 어디쯤 갔는데 안보여서 한 6명에게 문어문어 겨우 기차역을 찾아냈다.
하루에 한 100번은 사람들한테 길을 물어보는거 같다. 한 30분걸려서 종착역인 Sintra 에서 내렸는데
오는데 36하나 채더라. 처먹으면서 왔다. 점말 442 맞었다 내리자 마자 information 여자한테 물어봐
가장먼저 Nacional palacio 에 가려면서 가까처로 그다음에 버스타고 가야하 멫멫군데로 알려주었다. 알려줌. 그 Sintra
지금은 다시 Rossio로 돌아가는 기차를 타고 가고있다 그리고 코스텔 Sel때때 있는 것이다
지역에서 가장 맛있다는 빵집 <Piriquita>를 톤어받는데 그 궁전 바로옆에
나는 먹기위해 태어났기 때문에 palace 가는것보다 그 빵집이 더 가고싶었다.
이 National palacio 는 17C나해서 엄마도 안올라가고 나 혼자만 올라가서
구경했는데 확실히 스페인의 건축과도 다른 스타일이었고.
글로는 설명할수 없지만 한부분한부분이 너무나 아름다워서
다 그리고 싶었다. 안 그릴수가 없었다. 사람들이 지나가는
세서 그리고 있으면 잘 안그려질데도 너무나 꼼꼼이다. 근데
이제는 내 손이 자동으로 그림을 그리고 있다. 엄마가 밖에서
기다리고 있기때문에 평소와 다르게 하나에 5분에서
10분동안밖에 못그려보지만 급하게 그려서 그런지

디테일이나 뭐 그런것은 별로 수가 없었다. 그래도
다른사람들에게 보여주기보다 나 보기위해서 그였다
미래의 내가 이런 부분 부분들이라고 보고서 내가
노겼던 감동이나 냄새나 기분. 그 느낌을 기억해
내기를 바란다. 뭉그런 그림
이어도 사진보다는
값어치는 하는것
같다. 이 성
다음에는.
piriquita에
갔다가고, 산속에
있다는 성에가는
버스를 타려고
계획하고 있엇 다.
근데 어떤
레스토랑인나
빵집이나
광장에
없는 곳인데
거기서 방하는
정원의 지도도
보면서 그민하는

나한테오나 자가가 어 Sintra에서
태어났는데 바로 반대편 건물을 가져서재미었다
저 핑크색 건물은 지금은 병원이라지만 자기가 태어나서 자...그 자신은 많은데어나 여기로
세째로 palace 오는동은 10분이면 있는데 걸려가는길에 무슨 터널이쳐고 반대편에 완전

오늘 5시간이나 계속 산속을 걸어서 너무 피곤하다. 이 만리장성 같은 곳(모루스 성)을 엄마는 무섭다며 더 이상 못 가겠으니 나만 가라고 했다. 그래서 혼자 갔다가 돌아오니까 엄마는 안 보이고 위쪽 어디선가 엄마가 내 이름을 부르는 소리가 들렸다. 앉아서 깜박 졸다가 나를 잃어버린 꿈을 꾸었다나 뭐라나. 도대체 왜 제자리에 있지 않고 나를 찾는 상황을 스스로 만드는지 모르겠다. 한참을 오르락내리락 한 끝에 겨우 엄마를 만날 수 있었다.

버스 타고 또 밤새 9시간을 갈 생각을 하니 벌써부터 짜증 난다. 내가 엄마한테 너무 버릇없이 굴긴 하지만 엄마와 여행하니까 너무 행복하다. 마음이 든든하다. 근데 편안한 것은 멈춰 있는 것이고 한 곳에 머물러 있다는 건 예술가들에게는 아주 위험한 것이다. 그러면 안 된다.

이제 내일이면 포르투갈을 떠난다.

6. 20. 카스카이스 - 세비야

카스카이스에서 공원으로 가는 중간에 항구를 발견하고 계단에 앉아 새로 산 펜과 색연필로 그림을 그렸다. 다 그리고 나서는 왜 모든 그림이 항상 별로이고 찢어 버리고 싶은지 모르겠다. 지금 돌아와서 보니 괜찮은데……. 그때는 풍경에 비해 그림이 뒤처져서 그랬나 보다. 풍경은 아름다운데 내 그림이 그걸 못 따라가니까. 그런데 지나고 나서 보면 그때 봤던 풍경이 기억 나서 흐뭇하다.

여태까지 여행한 날짜만큼을 다섯 번 더 보내면 학교로 돌아가야 한다. 다시 돌아가야 한다고 생각하니 끔찍하다. 그 많은 테스트와 프로젝트를 견뎌 내야 하다니. 우리 학교는 예술학교라서 특이한 애들이 많고 문화도 인종도 다양하다.

나는 우리 학교가 정말 큰 곳이라 생각했다. 미국이 큰 세계라 생각했다. 그런데 유럽에 오니까 사람들이 영어를 쓰더라도 발음도 다 다르고, 영어가 아예 안 통하기도 한다. 우리 학교는 조그만 버블이었고, 미국도 세계의 수많은 나라들 중 하나일 뿐이다.

리스본에는 영국에서 온 여행객이 많다. 영국 발음은 미국인들의 발음과 다르다. 또 한 번 내가 얼마나 조그마한 세계에 있었나 느낀다. 그렇지만 이 지구 자체가 먼지만 한 세계가 아닌가. 내가 점점 커

Cascais 6/20 4:00

카스카이스 항구

가고 있다고 느낀다. 나는 힘없고 작지만 내 열정은 이 세계를 다 덮을 수 있다고 믿는다. 지구가 올해 멸망하지 않는 한 내 열정으로 원하는 것을 이뤄 낼 수 있다고 생각한다.

포르투갈을 떠난다. 이곳 사람들은 친절하다. 아까 버스정류장에서 한 여자는 직접 우리와 같이 걸으며 터미널 출구를 찾아 주었다.

이 일기는 어른이 된 미래의 나를 위한 것이다. 나는 어른이 되어서도 많이 방황할 것이다. 열정이 식어 버리고 내 자신이 초라해질 때, 어른의 껍데기로 길을 잃고 어린애처럼 헤맬 때, 내가 쓴 일기와 그림과 열정들을 보고 다시 일어설 수 있으면 좋겠다.

나는 커서도 방황하기를 바란다. 내가 어른이 되었을 때 적어도 『어린 왕자』에 나오는 어른은 되지 않았으면 좋겠다.

미래의 나는 지금의 나를 질투할 것이다. 나는 어리고 젊다.
생긴 것은 예쁘다고 생각지 않지만 생김새 따위는 상관없다.
나는 내가 아름답다고 생각한다. 내 열정은 심장에서만
뛰는 것이 아니라 내 눈과 머리까지 올라와 빛을 낸다.
내 눈은 전보다 맑고 반짝거린다.
내가 못할 것이 있을까?

6. 21. 카르모나

5 : 30 AM

엄마랑 탈북자들에 대해 얘기하다가 우울해졌다. 내 또래의 남자 애가 엄마에게 말도 안 하고 혼자 탈북해서 미국 친척집에서 사는데, 엄마에게 매일 편지를 쓴다고 했다. 북한에서 엄마가 아침에 일어나 불 때서 밥 짓는 시간에 자기는 벽난로가에서 엄마에게 편지를 쓴다 고 한다.

다시 테트리스에 대해서 생각해 본다. 같은 한국이지만 한쪽이 푹 꺼진 한국은 얼마나 공허한가. 한국이 가지고 있는 큰 빈 공간이 아 닌가? 예술가는 그 시대의 리포터이다. 내가 살고 있는 땅에서 동시 대에 이런 빈 공간을 보고 덮어 버릴 수는 없을 것이다. 이 빈 공간은 예술가들의 놀이터다.

한국의 높은 아파트들과 쌓이고 쌓이는 쓰레기, 돈, 풍요, 쌓여 가 는 스트레스, 그리고 삼팔선 너머에 있는 북한. 우리가 맛집을 찾아 다니며 흥청망청 먹어 대는 동안, 내가 이렇게 여행하며 아름다운 것 들을 보는 동안, 그 이면에 어떤 일이 일어나는지……. 이것은 나만 알아야 하는 것이 아니다. 높은 빌딩들이 지어질수록 빈 공간도 많 이 생기게 마련이다. 천막촌에서 바라본 타워팰리스 사진이 기억난 다. 그렇게 블록이 쌓이고 빈 공간이 늘어나면 일어나는 일은 'GAME OVER'다. 그 빈 공간들을 잘 메워서 천천히 풀어내야 한다.

배운다는 것이 얼마나 힘든 일인지 이젠 알겠다. 나는 그것이 쉬운 줄 알았다. 시험 문제의 답들을 달달 외우면 배운 것이라 생각했다. 그러나 아주 조그만 것도 배우기까지는 경험이 중요한 것임을 알았다. 경험이란 직접 느끼는 것이다. 많은 예술가들의 색깔과 오브제들이 왜 나오는지 알겠다. 그들의 거친 삶, 문화, 환경, 생각들을 거쳐야만 이해할 수가 있다. 억울하다. 이유는 모르겠지만 영어를 배우기 위해서는 직접 그 나라에 가야 한다. 이 모든 것이 연결되어 있다.

카르모나에 다녀왔다. 진짜 지쳤다. 스페인의 문화가 살아 있는 곳이다. 마드리드에서 볼 수 없었던 동양적인 스페인 전통 건축들을 볼 수 있었다. 카르모나는 포르투갈의 궁전에서 본 디자인들과 비슷하면서도 스페인 특유의 향기가 느껴졌다. 오래된 것들은 하나둘 퍼즐 조각같이 부서지고 사라질 것 같은데, 오래된 건물들의 색깔은 향기를 풍기면서 묵직하게 서 있었다. 스페인 남부는 진짜 덥다.

세비야에서 보이는 카레 같은 노란색에는 세비야의 노래, 역사, 날씨, 말로 설명할 수 없는 것들이 들어 있다. 그 색깔 하나를 배우려면 플라멩코도 보고, 오래된 건물들, 흙의 색깔, 그 나라 사람들의 말투, 성격과 행동을 직접 느껴야 한다.

살바도르 달리가 자주 쓴 기법—위로 갈수록 파랗고 진해지는 하늘, 많은 평야와 듬성듬성 보이는 산, 그 색깔과 하늘과 평야—들은

21/6/2012

catedral sevilla.

세비야 성당

그 사람이 만들어 낸 특유의 기법과 스타일이라고 생각했다. 그런데 아니다. 피니스테레에서 보았다. 내가 살바도르 달리의 색을 모작하느라고 따라 했었던 그 색깔들이 거기 있었다. 위로 갈수록 진해지는 하늘 그 풍경 그대로! 그들이 쓴 색깔을 배우고 싶다면 그 환경을 알아야 한다. 그러나 달리의 기법은 달리의 스타일에 맞다. 그 사람의 환경과 나라, 문화도 다 그 사람의 캐릭터니까.

오늘 플라멩코 쇼는 나를 위한 쇼였다. 내 열일곱의 끓는 피를 나 대신 몸짓으로 표현해 주고 있었다. 그 춤들에서 나는 스페인 국기에서 본 색깔과 오래된 건축들, 스페인 나무에 달린 꽃, 흙, 돌의 색깔을 느낄 수 있었다. 한 남자는 기타를 치고 한 남자는 노래를 불렀는데 우리나라의 타령과 비슷했다. 도레미파솔라시도 음이 아닌 6# 이런 것들이 들어간 중저음에서 '구리한' 스페인의 노란색이 보였다. 파란색은 남녀가 같이 춤추며 느껴지는 빨간색과 대조되는, 그러나 한 국기에 같이 붙어 있듯이 깊은 아픔. 엄마 말대로 한이 느껴진다. 색깔 하나를 이해하기 위해 나는 참 많은 것을 봐야 했다.

참으로 허무한 것은 사람들이 경험으로 뭔가 배우고 나서 그걸 철석같이 믿고 살지만, 그것은 사실이 아니라는 점이다. 그것은 나의 경험일 뿐이다. 힘들게 하나를 배웠지만 그 배움이 진리가 될 수는 없다. 그저 테트리스의 한 블록일 뿐이다.

6. 22. 코르도바

세비야에서 두 시간 거리인 코르도바에 와 있다. 지금 저녁 7시 반이고 세비야로 돌아가는 버스를 기다리고 있다. 몸이 많이 아프다. 머리도 깨질 것 같고, 덥고 괴롭다. 아프지 않다고 주문을 외고 있다. 여행 중에 아프면 안 된다.

코르도바는 너무 덥다. 그러나 이 더위보다 내 자신이 더 뜨겁다고 느껴진다. 어쩌면 나는 내 안을 여행하고 있는지도 모른다. 내 안의 뜨거운 열기 속을……

내가 풍경을 보고 무언가를 느끼면 그 느낌은 나로부터 오는 것이다. 내가 여태까지 그린 그림들은 전부 나의 자화상이다. 항상 그림을 그리고 나면 마음에 안 들어 분노가 치민다.

코르도바로 오는 길에 끝없는 사막과 비슷한 넓은 들판이 보였다.

돈키호테(살바도르 달리 스타일)

라만차의 돈키호테가 당나귀를 타고 들판에 점으로 달려오는 상상을 한다. 살바도르 달리가 그린 돈키호테가 떠올랐다. 기법은 정확히 기억이 안 나지만 조용히 그 모습을 들판 위에 배치해 보았다. 선인장 밭도 보이고 정말 특이하고 멋진 자연경관이다.

세비야의 카데드랄 불빛은 너무 아름답다. 엄마랑 광장으로 나가 벤치에 앉아서 거리의 풍경을 바라보았다. 마차가 서 있고 시끄러운 사람들, 카페들이 골목골목 있고 사람들은 와인이나 칵테일을 마시며 소박한 식사를 하고 있다. 어떤 카페에서는 사람들이 전부 서서 술을 마시면서 얘기를 한다. 하늘은 완전히 캄캄하고 낮에는 햇빛 때문에 검정색이었던 새들이 밤에는 가로등 불빛 때문에 하얀색으로 보인다.

카데드랄 주위로 날파리가 쉬지 않고 빙빙 돈다. 정말 빠르다. 비둘기처럼 건물 위에 앉아 있지 않고 하염없이 떠돈다. 새에게서 또 나의 모습이 보인다. 나는 지금 얼마나 자유로운가. 물론 내가 세상에 존재한다는 것 자체가 완전한 자유는 아니다. 나는 더 넓은 세계를 보면서 더 큰 자유를 느끼고 싶다.

나에게 앞으로 때려치우기를 두려워하지 말라고 말하고 싶다. 내 안의 무언가는 용암처럼 밖으로 흘러 나가 버린다. 어느 날은 폭발해 버린다. 그때 내 몸은 화상을 입어서 차가운 물에 담그고 있어야 한다. 물에서 빼내면 다시 화끈거린다. 아니면 그 물이 미지근해져서 계속 찬물을 부어야 한다. 갈증, 그 물은 그저 용암의 일부를 굳게 할 뿐. 나는 차갑고 푸른, 파도치는 바다를 만나야 한다. 그리고 나는 섬을 생성할 것이다. 그 섬들엔 이끼가 끼고, 풀과 나무가 자라고 심장들이 생생할 것이다.

미래에 내가 감옥 안에 갇혀 있는 것 같다고 느껴지는 날이 오면 다 때려치우고 활화산을 보러 가라고 말하고 싶다. 아니면 아프리카로 갔으면 좋겠다. 끊임없이 변화하고, 배우고, 생각하고, 성장하기 위해서 구속으로부터 벗어나라고 말하고 싶다.

내일은 피카소가 태어난 마을 말라가로 간다.

6. 23. 말라가

Plaza de Espanyol | 23/6/ 2012

세비야 스페인광장에서

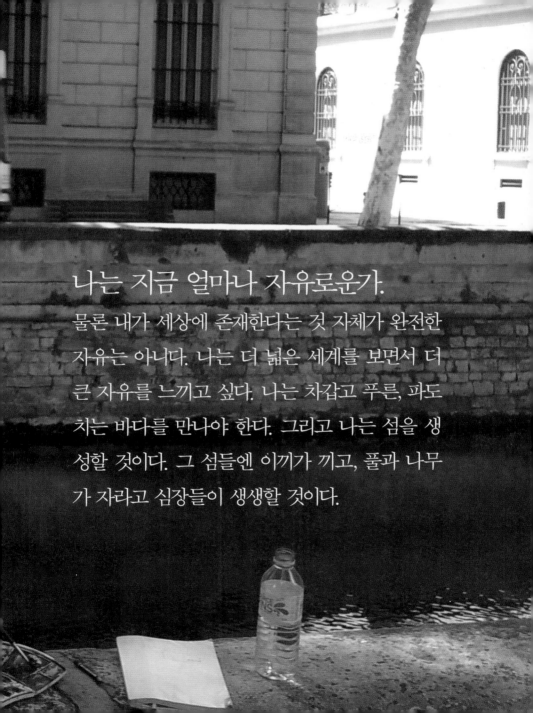

나는 지금 얼마나 자유로운가.

물론 내가 세상에 존재한다는 것 자체가 완전한
자유는 아니다. 나는 더 넓은 세계를 보면서 더
큰 자유를 느끼고 싶다. 나는 차갑고 푸른, 파도
치는 바다를 만나야 한다. 그리고 나는 섬을 생
성할 것이다. 그 섬들엔 이끼가 끼고, 풀과 나무
가 자라고 심장들이 생생할 것이다.

6. 24. 네르하

피카소가 도대체 뭐가 그렇게 잘나서 예술계에 최고로 남아 있을까. 지금 내 나이인 17살(만 15살) 때부터 선 쓰는 것이 다르다. 대가들은 선이나 명암부터 자유롭다.

네르하 가는 데 1시간 20분이 걸렸다. 바닷가를 쭉 따라가는 길이었다. 바다에서 수영하는 사람들을 보니 나도 빨리 수영하고 싶었다. 내리자마자 버스기사한테 바닷가가 어디냐고 묻고는 사진 찍고 수영할 곳을 찾아 바로 바다로 뛰어들었다.

지중해는 너무나 투명하고 맑다. 날이 흐린데도 바다는 정말 파란색이다. 사람들도 많이 없었다. 여자들이 가슴을 다 드러내 놓고 있었다. 아주 자연스러워서 얼핏 남자인 줄 알았다. 내가 수영을 못한다는 사실이, 수영을 안 배운 것이 후회스럽다. 앞으로 가려고 노력해도 계속 제자리에 있다. 그렇지만 스스로 익혀서 시칠리아에서는 수영을 잘하리라.

6. 25. 론다

론다행 버스를 기다리고 있다. 여행한 지 20일 되니까 게을러져 늦게 자고 늦게 일어난다.

미술관도 많이 다녀오고 미술책도 꽤 읽었다고 생각하는데 왜 내 머리와 손이 다를까. 벤야민의 『상황의 인식론』을 읽는데 어려워서 도통 알 수가 없다.

어려서부터 나는 얼마나 예술에 대해 많은 꿈이 있었나. 나는 원래 그림 그리고 만들고 부수고 하는 것을 좋아했다. 어릴 때부터 학교 끝나면 혼자 그림을 그리거나 무언가 만들며 시간을 보냈다. 하지만 미술학원 같은 데는 가지 않았다. 혼자서 내가 좋아하는 예술가들을 모작해 보거나 책을 사서 스스로 배웠다. 학원에서 모두 똑같은 방식으로 그리는 스킬 위주의 가르침에 흥미를 느끼지 못했다. 그나마 중학교에서는 이런 것을 조금도 할 수 없었다. 이 시절 나의 예술에 대한 빈 공간은 내 잘못이 아니라고 생각했다. 그러나 누군가의 잘못도 아니다. 그 어떠한 것도 어떠한 것의 잘못이 아니다. 사회에서 어떤 끔찍한 일이 발생한다면 그것을 낳은 사회와 사회를 이루는 사람들의 잘못만은 아니다. 그것들은 자연처럼 그저 발생하고 존재하고 흘러갈 뿐이다.

아직도 또 다른 나는 폐쇄된 방구석에 쪼그리고 앉아 원망하는 눈으로 나를 보고 있다. 또 어떠한 나는 그것을 달래려고, 마치 부모가 아이를 달래려 장난감을 사 주듯이 조심스럽게 행동한다. 그런 나를 이 세상에서 본다. 어떤 책에서 인간의 몸은 하나의 소우주라고 했다. 내 안에 보이는 세상이 이 세상 밖에서도 보인다.

이제는 돈 훔친 애를 용서하려고 한다. 내가 믿었던 친구라는 이유로 그렇게까지 증오할 필요는 없었다. 그렇게 힘든 순간을 겪지 않았다면 나는 성장하지 못했을 것이다. 평생 그 애를 저주하고 싫어하겠다고 다짐했는데 그것 또한 고정관념이고, 생각을 감옥 속에 가둬 두는 것이다.

나는 갇혀 있는 것이 싫다. 내가 가지고 있는 상처와 누군가에 대한 증오를 모두 날려 보내고 싶다. 그 친구 또한 나의 모습이다.

6. 26. 그라나다

말라가를 떠나 그라나다에 도착했다. 여기는 진짜 덥다. 밤 열한 시쯤 되어서야 겨우 숨 쉴 수 있게 됐을 정도다. 호스텔 안은 좋다. 엘리베이터도 있고 넓고 주방시설도 다 마음에 든다. 다만 여직원이 마음에 안 든다. 좀 싸가지 없고 정보도 대충 건성으로 알려 준다.

오늘 저녁은 푸짐하게 먹었다. 슈퍼에서 계란이랑 오이피클과 미트볼을 샀는데 미트볼은 괜히 샀다. 맛이 더럽게 없었다. 내가 마늘이랑 허브와 케첩을 뿌려서 그나마 나아졌다. 여기서 3일 지낼 생각을 하니까 너무 좋다. Free food 박스에 김이 한 뭉치 있어서 엄마가 올리브오일에 김을 구워 밥에다 계란프라이랑 김도 싸서 먹었다.

저녁 먹고 원래 산책만 하려고 했는데 우리 밥 뺏어 먹은 남자가 알바이신에 지금 가기 딱 좋은 때라고 했다. 그래서 31번 버스를 타고 알바이신에 올라갔다. 그라나다 시내와 알람브라 야경은 너무 아름답다. 이제는 멋진 풍경을 보는 게 일상이 되었다.

26/ 6/ Alambra Granada
11:05Pm

알바이신에서 바라본 알람브라 야경

6. 27. 로르카의 집

새벽 한 시 반이다. 잠자는 시간이 점점 늦어지고 있다. 오늘 로르카의 고향에 갔다 와서 무슨 수도원에도 들르려 했는데 일사병 걸리기 직전이어서 포기했다. 로르카가 태어났다는 집은 평범하고 작았다. 그 동네는 마치 엄마네 고향 같다.

내일 가게 될 알람브라궁전에 대해 미리 검색해 보고 자야지. 엄마랑 다른 사람들이 자고 있기 때문에 화장실에서 글을 쓰는데 냄새가 장난 아니다.

6. 28. 알람브라궁전

알람브라궁전의 역사와 건축 과정을 어젯밤에 조금이라도 공부하고 잔 것이 정말 다행이다. 한 명의 노예도 쓰지 않고 2만 명인가 하는 장인들이 100년 동안 지은 궁전이다. 나는 알람브라가 페나 성보다 훨씬 아름다울 줄 알았는데 꼭 그렇진 않다.

알람브라의 고고한 자태에 자세가 부드러워지고 순종하게 된다. 과연 2만 명의 장인을 쓸 만하다.

문에도 무늬를 넣어 그 구멍 사이로 햇빛이 들어온다. 햇빛 무늬가 마치 수많은 눈동자들 같다. 그곳에서 영혼들이 조용히 뿜어져 나오는 것 같다. 우리는 문을 닫을 때까지 궁전을 구경했다. 여름궁전으로 가는 길에 공원과 분수의 물. 내가 비록 그 순간을 사진으로도 그림으로도 담지 못하지만 이런 순간은 80살이 넘어 죽어가면서 떠올려도 좋을 것 같다. 내 그림으로는 이 여름궁전을 표현할 수가 없다.

알람브라 여름궁전 헤네랄 리페

알람브라 입구

6. 29. 바르셀로나

여행 다니면서 다른 나라에서 온 많은 여행객들이랑 친해지고 싶었지만 엄마가 있으니까 잘 안 된다. 나의 그림들은 지루하고 틀에 갇혀 있다. 대가들의 스케치를 보면 이렇게 멍청하지 않다. 나는 무조건 똑같이 그리려고 하고, 남이 봐서 좋게 잘 그리려고 한다.

그러나 이건 나만의 일기이고 나만의 스케치북이다. 내 스케치북에 술 냄새, 빵 냄새가 배어 있는 것만 같다. 사람들이 바르셀로나가 더 워서 못살겠다고 하는데 코르도바를 갔다 온 나에게는 천국 같기만 하다.

분수 쇼는 박자와 분위기에 맞춰 색깔이 바뀌면서 움직였다. 잭슨 폴락이 물감을 캔버스에 뿌리면서 이런 희열을 느꼈겠구나. 그것은 무의식적인 것이나 의식 속에서도 항상 보는 이음과 무늬들이다. 자유롭게 흘러가는 것들. 이 분수는 인공적이지만 물의 무늬는 매번 달랐다. 폴락의 작품에 있는 무늬들처럼 물방울들이 내 몸에 다 튀었다.

이제 더 이상 남과 비교하여 나 스스로를 깎아내리는 일이 없기를. 개뿔! 내일 달리 미술관에 가서 또 화가 나겠지. 학교로 돌아가서 페인팅 시간에 파란색을 쓸 때면 오늘 본 분수 뒤에 깔린 하늘이 기억날 것이다. 무의식적으로 내가 본 색깔, 그 색깔들을 만들어 내겠지.

분수 위에 날아다니는 새들이 더 이상 부럽지 않다. 한국에서 나는 언제나 친구들 사이에서 버림받을까 두려웠다. 학교는 오직 친구들과 잘 어울리기 위해 가는 곳이었다. 나의 의견, 취미, 성격, 스타일 모두 또래들과 맞췄고 그 속에서 나 개인은 존재하지 않았다. 맞지 않는 옷을 늘 억지로 끼워 맞춰 입은 것 같았다.

간절히 원하고 바랄 때만 나는 에너지가 넘친다. 그네가 뒤로 당길수록 더 멀리 높이 올라가듯이, 널뛰기할 때 밑으로 구부리며 힘차게 밟아야 높이 뛰듯이, 앞으로 내가 살면서 괴로운 순간이 오면 곧 비상할 것이라고 생각하길 바란다. 예술가는 부유함으로 가득 채워져 있으면 날 수가 없다. 예술가는 영혼을 파랗게 비우고 날아야 한다.

내가 커서 남자를 만나도 진심으로 사랑하지만 믿지 않기를 바란다. 믿음은 착각이고, 착각은 좁은 세상에서 날지 못하고 멈춰 있는 것이다. 나는 흐르는 물이기 때문에 나뭇잎이 떨어져서 흐르다가 어느 섬으로 도망가 버리든지 신경을 꺼야 한다. 그건 아니고, 그저 나눠야 한다. 이렇게 여행을 다니듯이, 한 남자에 빠져 그 세계에 갇혀 있지 않고 남자를 많이 만날 것이다. 내가 앞으로 결혼을 하란 법도 없고 하지 말란 법도 없다. 이 세상 법 따위는 신경 끄고 누군가 좋으면 잘 지내다가, 꺼진다고 그러면 뭐 꺼지라고 하던가.

대체 지금 내가 뭐라는 건지 모르겠다.

6. 30. 피게레스

6월의 마지막 날 피게레스에 가고 있다. 살바도르 달리의 고향이다. 지금은 기차 안이다. 책을 읽던가 해야 하는데 잠이 온다. 어제 이런 저런 생각으로 잠을 못 잤는데 지금 자야지. 가우디는 죽을 때 누가 죽었는지 못 알아볼 정도로 그 시대에는 사람들이 알아주지 않았다고 한다. 나는 피카소나 앤디 워홀이나 데미안 허스트처럼 살아 있을 때 명성을 떨치고 싶다.

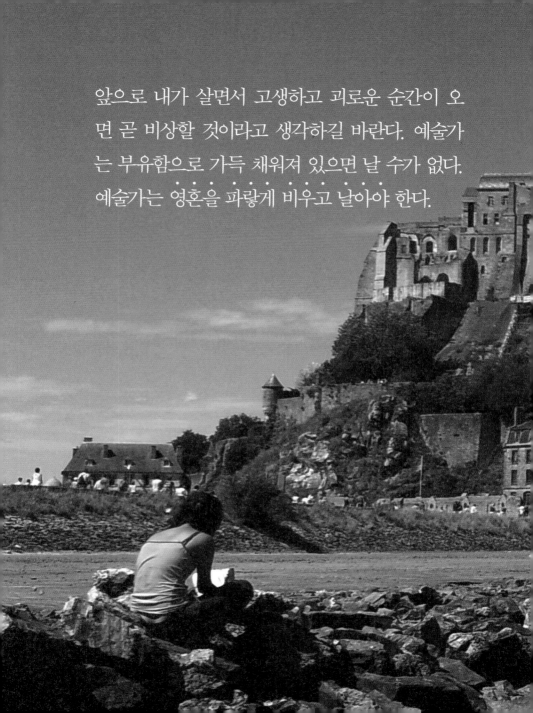

앞으로 내가 살면서 고생하고 괴로운 순간이 오면 곧 비상할 것이라고 생각하길 바란다. 예술가는 부유함으로 가득 채워져 있으면 날 수가 없다. 예술가는 영혼을 파랗게 비우고 날아야 한다.

7. 1. 피카소 미술관

민박집 근처에 있는 펍(pub)에서 샹그리아와 크로켓을 먹고 있다. 오늘이 유로축구 이탈리아와 스페인의 결승전이라고 한다. 현재는 스페인이 두 골을 넣어서 2 : 0이다. 밖에는 비가 내리고 사람들은 들떠 있다. 오늘은 피카소 미술관에 갔었다. 피카소가 나랑 동갑인 17살 때부터 파리에서 활동할 때까지의 작품이 있었다. 피카소는 나랑 동갑일 때 이미 스킬을 마스터한 듯하다. 내가 11살 때는 피카소가 11살일 때보다 잘했었는데.

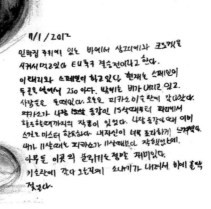

바르셀로나 숙소 근처 펍(pub)에서

7. 2. 사그라다 파밀리아

이제 스케치북 한 권을 끝냈다. 그 기념으로 나 자신에 대해서 진지하게 평가해 보려고 한다. 한 달 동안 나는 무엇을 배웠나. 더 알아야 할 것은 무엇인가. 앞으로 내가 버려야 할 것은 무엇인가.

나는 극단적으로 미쳐 있는 상태가 좋다. 나의 분노가 내 열정이다. 활화산 지대는 산에 나무도 꽃도 없고 검은 땅만 있을 뿐이다. 아무것도 없는 땅은 건조하고 연기가 피어오를 뿐이다. 건조한 땅은 너무나 쓰라리다. 언제나 차가운 바다를 갈구한다. 물을 만날 때가 내 분노가 사그라지는 때이다. 그러나 그 차가움은 바로 증발해서 하늘로 사라져 버린다.

바다를 찾아야 한다. 언제나 파도치고 있어야 한다. 나는 바다에 다다를 수가 없다. 호수 주위에 있는 나무나 풀들이 용암에 타서 사라져 버린다. 호수가 다 증발해 버리고 거대한 구덩이만 남아 있다. 그곳은 다시 검은 땅이 되어 버린다. 또 분노한다. 그리고 바다를 향해 계속 쏟아져 내려가겠지. 바다에 다다르더라도 나는 곧 알게 되겠지. 바다도 결국 지구에 고인 물이다.

A.가우디의 사그라다 파밀리아(93~95페이지)

2/7/2012
Sagrada Familia

2/11/2012 gaudi sagrada
Familia

2/7/2012

Sagrada
Famma

7. 3. 몬세라트

몬세라트 수도원 기차를 기다리고 있다. 157번 버스를 타고 에스파냐광장 지하철 역에서 내렸다. 직원에게 기차 타는 곳을 물어보니까 친절하게 지하철 밖까지 나와서 가르쳐 줬다. 사람들은 한국이 업무도 빠르고 서비스도 최고라고 하는데 오히려 이런 업무 처리가 더 자연스러운 것 같다. 그렇지만 난 한국인이기 때문에 느린 건 못 참는다. 한국의 빠른 치킨 배달이 그립긴 하다.

몬세라트 수도원 산정에서

Montserrat

수도원에서 작은 꼬마열차를 타고 산꼭대기로 올라갔다. 한국의 설악산 같기도 하고 좋았다. 나는 아무 생각도 하지 않는 것을 좋아한다. 그런 곳에 있으면 아무 생각도 들지 않는다. 산 절벽에 바위들은 무슨 인형을 진열해 놓은 것 같기도 하고 인간의 형상 같기도 하고 가우디의 작품을 떠올리게도 한다. 가우디가 자연으로부터 영향받았다는 것을 공부하고 나서는 자연에 대해 더욱 생각하게 된다.

돈의 가치가 전부인 사회에선 자연이 주는 온화함과 멈춰 있는 시간의 살아 있는 느낌은 가치가 없다. 그러나 나는 이런 가치 없는 것이 좋다. 자연이 무한하다는 것은 정말 맞는 말이다.

디자인 숍 'Vincon'에 다녀온 후 자연의 무늬로부터, 자연의 모습이나 원리로부터 아이디어를 찾아보려고 노력한다.

7. 4. 아디오스! 에스파냐

몬주익 언덕으로 올라가는 193번 버스 안에 있다. 오늘이 스페인에
서의 마지막 날이다.

중학교 때는 내가 할 줄 아는 것이 많이 없었다. 갓난아기가 3년이
면 걷고 말하고 빠른 속도로 성장해 가듯이, 나도 계속 그렇게 커 가
길 바란다.

한 달 동안 스페인에 있었다는 것이 믿기지 않는다. 작별 인사를
하는 것이 조금 섭섭하다.

몬주익 성

이탈리아
Italy

2012. 7. 5. 시칠리아

시칠리아에 도착했다.

시칠리아 섬 트라파니의 저녁 바다

7. 6. 파비그나나 섬

파비그나나로 가는 배에 있다. 20분 정도 걸린다고 한다. 그저께부터 이상하게 몸이 계속 쑤시고 밤에는 목이 아파 오더니 감기에 걸렸다. 밤새 열이 나고 고생했다. 바다에서 수영하면 괜찮아질 것이다. 열이 나면 찬물로 식혀 줘야 한다. 몸에서 열이 나니까 기운이 없다.

육체에서 나는 열은 정신에 압력을 가해서 기운 없게 하는데, 정신에서 나는 열은 육체에 에너지를 가해서 활달하게 만드나 보다. 내가 좋아하는 바다를 실컷 보니까 감기도 나은 듯하다. 이 호스텔은 아침 식사를 안 줘서 아침으로 계란 삶은 것과 북어국을 먹었다. 20분 만에 벌써 섬에 도착했다.

파비그나나 섬에서

7. 7. 팔레르모

팔레르모에 도착했다. 생각해 보니 나는 매일 죽는 것이 아니었다. 뱀이 허물을 벗듯이 매미가 허물을 벗듯이, 애벌레가 고치를 벗고 그 속에서 나오듯이, 나는 주기적으로 허물 밖으로 빠져나오는 것이다. 죽고 난다면 그 전으로 돌아갈 수가 없다. 그런데 생각은 동심의 세계로 다시 갈 수가 있다. 겉은 허물을 벗으며 변화하고 그곳은 미로처럼 복잡해지며, 그 사이에 있는 문으로 과거의 것들과 지금의 것들이 들락거린다. 내가 매일 허물을 빠져나오는 것인지 주기적인 것인지 그걸 도대체 가늠할 수 없다. 추측해 보면 내가 어디에선가 답답함을 느끼다가 스스로 어느 순간 자유를 느낄 때, 아마 그때일 것이다.

어제 파비그나나 섬에서 수영하며 노는 사람들에게서 허물을 보지 못했다. 모두들 그 순간 허물을 던져 버렸을 것이다. 바다에서는 얽매임이 없다. 바닥의 모래와 미역 같은 것을 번갈아 느껴 보고 그것이 맞는지 확인해 본다. 물이 맑기 때문에 그 무늬들이 보인다. 내가 수영을 못한다는 사실이 짜증 났다. 수영 연습한다고 난리를 치다가 바닷물을 너무 많이 마셔서 계란을 소금에 안 찍어 먹었는데도 간이 딱 맞았다. 모래를 주먹밥처럼 뭉쳐서 깊은 바닷물에 던지니까 꽁꽁 뭉쳐 있던 밥이 바로 사라져 버렸다.

7. 8. 카타콤베 묘지

카타콤베에 대해서 들었을 땐 가 보면 흥미롭겠다고 생각했지만 막
상 가려니 무서웠다. 티켓을 사고 아저씨에게 너무 무서우니까 같이
가자고 해서 입구까지 함께했다. 나는 겁먹지 않으려고 노력했다. 영
혼이 빠져나간 껍데기들은 편안히 안치되어 있지 않았다. 영화 〈캐리
비언의 해적〉에서 막 걸려 있던 썩은 시체들 같다. 냄새도 이상하다.
그래도 언젠가 내 작품을 할 때 소재로 쓸 수 있을지 모르기 때문에
그려 보려고 노력했지만 무서워서 자세하게 오래 그릴 수는 없었다.
나는 공동묘지만 봐도 무서운데 방마다 죽은 시체로 가득 차 있으니!

카타콤베 스케치

7. 9. 체팔루

영화 〈시네마 천국〉의 촬영지인 체팔루에 와 있다. 이탈리아가 스
페인이랑 비슷할 것이라고 생각했는데 느낌이 다르다. 이탈리아 국기
에 있는 빨강과 초록의 색깔이 느껴진다. 빨강에서는 이탈리아 음식
들, 초록에서는 마을 사람들의 성격이 느껴진다.

지금은 마을 중심에 있는 카데드랄에 앉아 있다. 이곳은 스테인드
글라스가 몹시 특이하다. 추상적인 무늬와 색깔을 가지고 있다. 그려
보려고 했으나 척추가 너무 아파서 못 그리겠다.

체팔루의 바다에 와 있다. 돌들이 얇게 잠긴 바다 위에 한참을 서
있었다. 시칠리아는 정말 아름답다. 내셔널지오그래픽에서 보는 영상
이나 사진들처럼 신비롭다. 바다 위에서 바다의 빛과 파도를 느끼기
위해 서 있는 동안은 지루함이 느껴지지 않는다. 척추도 아프지 않
다.

파도에서 이는 물거품은 산짐승들이 무리 지어 도망쳐 오는 것 같
은 형상이지만 사라져 버린다. 내가 느끼는 모든 것을 그릴 수 있으면
좋겠지만, 무조건 그리는 것보단 때로는 그냥 자연의 모양들을 느끼
고 있는 것도 도움이 된다.

7. 10. 아그리젠토

4일 동안 팔레르모에 있으면서 꽤 많은 사람들을 만났다. 호스텔에서 지내다 보면 많은 사람들과 얘기를 나누게 된다.

홍콩에서 왔다는 키트는 26살이고 철학을 공부하는 사람이다. 우리 맞은편 침대를 썼는데 3년 동안 번 돈으로 반 년째 세계를 여행하고 있다. 브라질에서 온 여자는 친구가 한국인이어서 가끔 비빔밥을 먹었다고 한다. 스페인에서 온 에듀는 꽤 훈남이다. 예전에는 훈남들과 얘기하면 수줍고 그랬는데 이제 훈남을 하도 많이 봐서 그런지 아무렇지도 않다. 캐나다에서 온 대학생 메디는 만나자마자 거의 세 시간을 얘기했는데, 내가 (서양 나이로) 15살이라고 하니까 "네가 말하는 걸 들으면 15살이라는 게 믿기지 않는다"고 했다.

어제는 키트가 체크아웃을 했는데 내가 아그리젠토에 간다니까 지도를 선물로 주고 갔다. 그 자리에 새로 들어온 남자가 내가 침대에서 아슬아슬하게 스케치북 잡는 걸 보더니 "그러다 놓칠라"라고 말해서 그때부터 또 대화가 시작됐다. 이름은 닉이고 하프 코리언(Half Korean)이다. 엄마가 목포에서 태어나 어린 시절에 이민 가서 미국인이랑 결혼했고, 닉은 한국에서 한옥을 공부했다고 한다.

10/7/2012 AGRICENTO

아그리젠토 콩코르디아 신전

아그리젠토 '신전의 계곡'

닉은 여행엔 끝이 없다고 말했다. 57개국을 여행했지만 세계의 20퍼센트밖에 되지 않는다며 가야 할 곳이 너무나 많다고 한다. 스무 살 때 유럽을 여행하면서 건축 드로잉한 것을 복사해서 가지고 다닌다며 보여 줬는데 라인을 깔끔하게 정말 잘 그렸다.

나도 안 보여 줄 수가 없어서 내 스케치북을 보여 줬다. 내가 여행하면서 건축에 관심을 갖게 되었는데 수학을 못해서 문제라고 했더니, 수학적인 건축은 아주 기초적인 것이고 건축은 디자인이라고 했다. 수학적 계산보다는 파인아트나 그래픽 하는 사람들이 가지고 있는 것이 건축적 사고라면서, 건축하던 사람이 파인아트로 가기도 하고 패션으로 가기도 한다며 걱정하지 말라고 했다.

닉은 언제나 사람을 성공하게 만드는 것은 열정이라고 했다. 학교에서 가르쳐 주는 것은 별로 없고, 내가 직접 냄새 맡고 느끼고 보면서 그게 뭔지 배우는 게 가장 중요하다고 한다. 파인아트든 그래픽이든 건축이든 내 열정이 쏟아 내길 원하는 대로 하면 되는 것이고, 나는 이미 그것을 하고 있으니 그러면 됐다고 말했다.

아그리젠토 박물관 스케치
아그리젠토 박물관의 텔라몬(오른쪽 페이지)

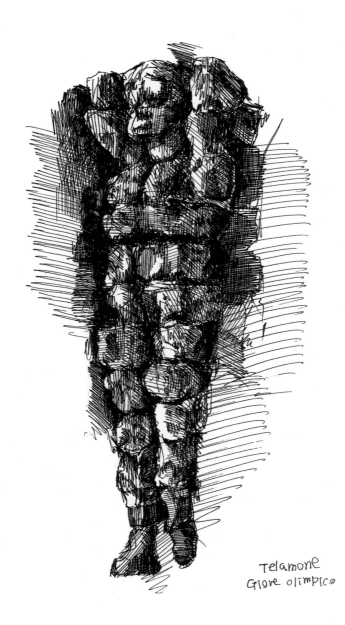

Telamone
Giove olimpico

7. 11. 시칠리아 - 나폴리

시칠리아에서의 마지막 날이다. 오늘 밤기차를 타고 나폴리로 간다. 지금은 팔레르모에 있는 카데드랄에 앉아 있다. 밖은 장난 아니게 덥다. 아침에는 기차역에 가서 아빠와 언니한테 엽서를 써서 부쳤다.

나폴리로 가는 밤기차를 기다리고 있다.

지금은 기차 안에 있다. 침대칸이고 엄마와 나밖에 없다. 호스텔에서는 다른 사람들이랑 같이 지내서 스트레칭도 마음대로 못 했는데 침대를 두 개씩이나 차지하고 너무너무 좋다.

기차가 페리를 타고 바다를 건너갈 것이다. 밤새 기차를 타고 바다를 건너는 것, 재미있는 경험이다. 실컷 기차 안에 있는 것을 즐기다가 자고 싶은데 멀미약을 먹어서인지 벌써 잠이 온다.

세상에 다시 태어나고 싶지는 않지만, 태어날 기회를 얻게 된다면 다시 '나'로 태어날 것이다. 이제 내가 싫지 않다. 나는 특별하다. 나의 특별함은 각오를 잘 한다는 것이다. 아무리 작은 일도 나는 특별하게 생각한다. 아주 사소하더라도 지금 이 순간이 가장 중요하다고 생각한다. 많은 사람들이 가는 여행일지라도 나에게는 특별하고 소중한 순간이라고 생각한다.

7. 12. 폼페이

나폴리 단테 역 옆길에 있는 아트숍에서 새 미술용품을 샀다. 미술
용품 구경할 때가 가장 행복한 순간이다. 돈을 많이 벌면 비싼 미술
재료를 마음껏 사서 써 보고 싶다. 미술재료는 정말 비싸다. 일단 붓
이랑 초크, 연필과 스테들러 펜 두 개를 샀다.

엄마랑 엄청나게 싸웠다. 너무너무 슬펐다. 그렇다. 부정하고 싶지
만 솔직히 내가 착한 딸은 아니다. 나는 욕심 많고 내 생각만 해 왔
다. 벤치에 앉아 울고 있었더니 영국인으로 보이는 아줌마가 "Excuse
me, are you OK?" 하는 것이다. 그래서 "yeah" 하고 계속 울었다.
아무튼 내가 잘못한 건 맞다. 만약 세상이 멸망하고 이 시간이 다
시 돌아오지 않는다면 좀 더 행복하고 배려하는 여행이 될까? 아니,
세상이 멸망하지 않아도 영원히 돌아오지 않는 17살인데 너무 이기적
으로 살았다. 나는 나를 바꾸는 것을 좋아하지 않는가?

폼페이는 정말 매력적인 도시였다. 나는 너무 표현력이 달린다. 폼
페이는 화산재가 날리고 비가 내렸는데도 건조하다. 화려했던 번성기
에 사라져 돌로 된 뼈대만 남은 도시는 정말로 허무하다. 언제 용암
이 흐르고 덮쳐 멸망이 있었냐는 듯 그 속에서 풀들이 자란다. 정말
언제 그랬냐는 듯 조용히 멈춰 있다.

12/7/2012 Pompei

폼페이에서

12/7/2012 Pompei

폼페이에 다녀와서 예술에 대한 생각을 다시 하게 된다. 예술을 전공하지 않는 많은 사람들은 예술이라는 것을 어려운 것, 알 수 없는 것, 다가가기 힘든 것으로 생각한다. 예술을 쉽게 이해하기 위해서 놀이처럼 즐기고 체험하는 미술관들도 있다. 그러나 예술은 체험하고 마음먹는다고 쉬워지는 것이 아니다. 예술은 바로 역사이고 우리가 살아온 방식이며 시대의 가치관을 바꿔 놓는 것이라는 생각이 든다.

폼페이가 멸망하고 사람들은 더 이상 존재하지 않아도 그들이 남겼던 유물들, 건축, 예술품들이 당시의 삶의 방식을 그대로 보여 준다. 내가 지금 그리는 그림들도 그렇다. 여행이 끝난 후에는 여행하면서 느꼈던 냄새, 기온, 기분들이 사진보다 더 사실적이고 특별하게 다가올 것 같다.

별 볼 일 없던 것들도 그림을 그린 후에는 특별한 것으로 내게 다가온다. 집중하고 관찰하게 되니까, 또 내 그림 속에 남으니까 자식 같다. 그래서 자기 작품을 자식이라고 하나?

7. 13. 카프리

카프리로 오는 보트인지 페리인지 그 안에서 엄마를 그렸더니 속이 너무 울렁거렸다. 지금도 울렁거린다. 카프리에 푸른 동굴을 보러 간 것인데 도착해서 티켓을 끊으려고 하니까 바닷물이 어쩌고저쩌고 해서 푸른 동굴을 아예 오늘 못 간다는 것이다. 아, 정말 비극적이었다.

무언가 흙 속에서 탄생하기 전에 꿈틀거리듯이, 아기가 엄마 뱃속에서 꿈틀거리듯이, 바다는 추상적으로 꿈틀거리는 것들 위에 푸른 천막을 덮은 것이다. 생명은 물 속에서 흙 속에서 탄생한다. 아그리젠토에 있는 신전 주위에 같은 색깔의 흙들, 폐허가 된 돌무더기 속에 같은 종류의 돌멩이가 사람의 형태로 누워 있다. 이런 꿈틀거림 속에서 물고기가 확 튀어 오르듯 튀어 오르는 것이 예술이라는 생각이 들었다.

어떤 형태가 있고 그것이 움직이는 것이 탄생이라면 주위에 깔린 것들은 무한함과 추상성이다. 이것은 자원이다. 물과 흙. 물의 푸른 색깔은 너무나 아름답다. 내가 이것을 보고 어떻게든 담아 내고 싶은데 까먹을 것 같아서 안타까운 마음이었다.

다른 바다는 물에 떠 있기도 쉽고 수영하기도 쉬운데 카프리 해변은 캐리비안 베이나 워터파크 파도타기처럼 파도가 일었다. 그야말로 자연산 파도타기였다.

13/11/capri

카프리 섬에서

7. 14. 로마

로마로 가는 기차 안에 있다. 8시 15분 전이다. 해가 지고 있고 바다가 멀리 보인다. 이곳이 어디인지는 모르지만 로마와 나폴리 사이겠지. 여행하다 보면 자는 것이 남는 것이기 때문에 기차에 타자마자 닥치고 잤다. 그런데 지금은 왠지 잠이 안 온다.

기차 밖은 딱히 아름답거나 특별하진 않다. 이름 모르는 나무들과 잡초들, 담배 피는 사람들, 폼페이처럼 폐허가 된 집들, 밭 위에 분수처럼 솟아오르는 스프링클러를 봤는데 자유가 느껴졌다. 나는 지금 이 상태로 자유로운 영혼으로 살고 싶다.

7. 15. 트레비분수

트레비분수는 기대 안 했는데 아름다웠다. 근처에 유명한 젤라또 집을 찾아가 꿀이랑 딸기 맛을 먹었다. 아, 비싸다. 3유로. 젤라또가 맛있어 봐야 얼마나 맛있을까 했는데 천국의 맛이었다. 로마에서 이것만 매일 먹으면서 살고 싶다.

아이스크림 기운으로 땡볕에서 그림을 그렸다.

로마 트레비분수

7. 16. 판테온

아침은 맥도날드에서 먹었다. 내가 케첩을 사 가지고 오니까. 호텔에서 내가 락커가 어디냐고 물어봤던 한국인 여자랑 엄마가 얘기하고 있었다. 그 한국인은 영국에서 교환학생을 했단다. 한 달 넘게 유럽을 여행하고 베니스를 찍고 한국으로 돌아간다고 한다. 엄마가 내 스케치북 얘기를 했다. 바르셀로나에서 소매치기가 내 배낭을 열었을 때 스케치북밖에 없어서 그냥 갔다는 웃긴 얘기를 한 것이었는데, 그 여자가 나보고 예술 전공하냐고 물었다.

그래서 이런저런 얘기를 하게 되었고 내가 미국에서 예술고등학교에 다닌다는 얘기까지 하게 되었다. 그랬더니 엄마가 내가 학교 다니기 싫어서 중학교 때려치우고 검정고시 보고 어쩌구저쩌구 하더니 "한국에 있으면 낙오자가 될까 봐 유학 보냈다"고 하는 것이다. 충격이었다. 어떻게 그런 얘기를 해서 나를 깎아내리는 것일까. 벌써 나를 보는 그 여자 눈빛이 변했다. 마치 나를 공부도 못하고 학교 때려치운 날라리 정도로, 그림 좀 하니까 도피성 유학 보낸 분위기로 이끌고 있는 것이다. 내가 어떻게 유학 갔는지 잘 알고 있는 엄마가 어떻게 그런 말을 할 수 있을까.

유학을 반대했던 것은 엄마다. 그래도 내가 한번 태어나 가고 싶은 학교에 포트폴리오 지원만이라도 해 보는 게 소원이라고 해서, 그 모든 과정을 내가 다 인터넷을 뒤져서 했다. 합격한 후에도 학비 때문

16/11/2012 3:30
Pantheon

로마 판테온

에 못 보낸다고 해서 내가 장학금 받으려고 관계자에게 두 번이나 메일을 보내 결국 학비 감면도 받아 냈다. 그런데 엄마가 그렇게 말하다니 대실망이었다. 그래도 엄마가 그런 뜻이 아니었다고 미안하다고 사과했으니 지금은 괜찮다.

포폴로 성당에 가려고 했지만 4시부터 문을 연다고 해서 긴 거리를 따라 판테온에 도착했다. 사진을 보고 아그리젠토에 있는 신전이랑 비슷하겠지 했는데 마치 거리에서 동전 500원을 발견한 듯, 보물찾기에서 보물을 찾은 듯이 갑자기 내 눈앞에 판테온이 나타났다. 여기는 로마다. 이렇게 거리를 걷다 보면 여기저기 이런 웅장한 건물들을 볼 수 있다.

그나저나 나는 판테온보다 일단 근처에 있다는 유명한 젤라또 집부터 찾아갔다. 골목에서 레스토랑 직원에게 젤라또 집을 물어봤더니 가르쳐 주고는 자기 것도 하나 사다 달라고 하는 것이다. 진심인 줄 알고 정말 그래야 하나 잠깐 슬펐다.

라파엘로 무덤이 있다는 신전의 내부로 들어갔다. 돔으로 된 천장에 동그란 구멍이 뚫려 있고, 그 사이로 햇빛이 들어와 한쪽 벽을 집중해 비추고 있다. 마치 신이 있는 것처럼. 라파엘로 무덤을 찾으려고 했지만 이탈리아 왕의 무덤 등이 있고 라파엘로는 맨 나중에 찾을 수 있었다.

느낌이 이상했다. 라파엘로의 영혼 없는 육체가 지금 내 앞에 있다는 사실이……. 그의 영혼은 내가 본 많은 작품들에 담겨 있었으니 라파엘로를 만났던 것과 다름없다. 내가 서양미술사에서 읽었던, 레오나르도 다빈치를 동경했던 청년 라파엘로. 초등학교 때 그 서양미술사는 엄청 재미있어서 한 20번은 반복해서 읽은 듯하다. 아무튼 그 청년이 다른 왕들과 신과 같은 대우로 신전에 잠들어 있다.

몇몇 사람들이 무덤 앞에 휴지로 만든 꽃을 올려놓았다. 나도 종이 위에 생각나는 대로 꽃을 그려 라파엘로의 무덤 앞에 바쳤다. 저녁이 되면 직원이 쓰레기통에 갖다 버리겠지만 나에게는 여러 의미가 있는 것이다.

7. 17. 바티칸

바티칸에서 그림을 많이 그리기로 결심했는데 하나도 그리지 못해서 슬프지만 오늘 '천지창조', '최후의 심판', '아테네 학당' 같은 대작을 봤으니 신이 용서할 것이다. 저 사람들은 어떻게 인체를 그렇게 완벽하게 그릴 수 있지? 완벽한 구도. 아아, 내가 이런 것을 보는 건 '세상에 천재가 많았으니 너는 때려치워라'라는 계시가 분명하다.

박물관 구경을 마치고 근처의 3대 젤라또 집인 올드브리지에 갔다. 딸기, 요거트, 멜론맛 젤라토를 먹었는데 2유로밖에 되지 않았다. 정말 맛있었다. 샤워하고 자야 하는데 너무 졸려서 기절하기 직전이다.

나는 매일 매일 정말로 많은 생각을 하는데 이런 간단한 기록밖에 하지 못하다니 너무나 멍청하다… 라는 말은 취소다. 그래도 멍청하진 않다.

7. 18. 카라칼라 욕장

벌써 여행의 절반이 흘러갔다. 꿈속에서 여행을 마치고 학교로 돌아갔는데 유럽 여행을 한 기억이 나지 않았다. 그런데 그것이 꿈이었다는 것을 알고 기뻤다. 지금 이 시점에서는 학교에 있는 것이 꿈(거의 악몽 수준)이지만 학교로 돌아가서는 지금 이 시간이 얼마나 그리울까. 꿈 같겠지. 이렇게 자유롭고 아름다운 순간들이 별로 없었다. 초등학교 합창부일 때 아침 일찍 합창 연습하러 신발주머니를 빙빙 돌리며 노래를 부르면서 등교했을 때처럼 순수하게 자유롭다.

이 아파트를 그리면서 벽의 재질감, 낡은 느낌, 햇빛의 색깔을 에드워드 호퍼가 표현하듯이 하려고 했지만 결과는 실망스러웠다. 그래도 안 그리는 것보다는 망치더라도 그리는 게 남는 것이라고 생각한다.

로마의 숙소

카라칼라 욕장

콜로세오 역에서 한 정거장 떨어진 카라칼라 욕장(목욕탕)에 갔다. 어제 너무나 지쳐 있었기 때문에 오늘은 어떤 곳이든 가기가 너무 귀찮았는데 카라칼라 욕장은 사람이 적어 한산해서 좋았다. 잔디밭과 나무 그늘, 높은 건물의 그늘 덕분에 너무나 시원했다.

이제는 그리는 게 완전 습관이 되었다. 처음에 그림 그릴 때는 고도의 집중력으로 미치광이처럼 그렸는데 이제는 집중 안 하고 엄마랑 얘기하면서도 대충대충 그린다.

7. 19. 아고네 성당

오늘은 그림을 안 그렸다. 그것이 문제다. 그림을 하루만 안 그려도 세상의 낙오자가 된 기분이고 그렇다. 펜을 다 썼기 때문에 그런 것이라고 핑계를 대 보고 싶다, 하하하. 호텔 Beautiful에서 Des Artistes로 옮겨 왔다. 오늘 아침은 맛있는 카푸치노와 화이트초코와 초콜릿 빵을 먹었다. 여기는 개인 방이 아니어서 지금 화장실에서 일기를 쓰고 있다.

버스 64번을 타고 나보나 광장을 갔다. 예술가들의 거리라고 해서 기대를 했는데 매일 똑같은 그림만 반복해서 그린, 똑같은 그림들만 파는 장사꾼들이 내게는 예술가로 보이지 않았다. 나는 목이 마르고 물이 마시고 싶었다.

아고네 성당 천장은 둥그렇게 솟아 있는데 벽화들이 엄청났다. 천지창조만큼 멋있었다. 조각들은 살아 있는 것 같았다. 그 생생하고 섬세한 손짓들, 마치 살아서 대화하고 있는 사람들을 석고나 돌로 씌워 버린 것 같다. 폼페이처럼 말이다.

예술가들이 없었다면 신앙이라는 것이 어땠을까. 내 눈앞에 보이는 천사들, 조각들, 웅장한 분위기, 그곳에서 흘러나오는 음악이 없었다면 신앙이라는 것이 존재할 수 있었을까? 귀신처럼 떠돌아다닐 것 같

은 순간의 손짓들, 그 분위기를 만들어 내는 예술가들은 대단한 존재
다. 마치 신 같다. 성수를 손에 찍어 기도를 하고 나와서 산안젤로 성
까지 걸어갔다.

7. 20. 콜로세움

오늘은 늦게까지 잤다. 아침으로는 테르미니 역 마트에서 두부처럼 물에 담근 채 덩어리로 팔고 있는 모차렐라 치즈와 토마토를 먹었다. 게으른 하루였다. 나중에는 내가 너무 게으른 것 같아서 방을 뛰쳐나가고 싶었다.

콜로세움 해 지는 풍경 앞에서 그림을 그렸다. 그림이 별로 마음에 들지는 않는다. 레스토랑에서 들려오는 뮤지션들의 라이브 연주가 콜로세움 분위기를 아름답게 했다.

콜로세움
콜로세움 야경(왼쪽 페이지)

7. 21. 로마 - 피렌체

행동을 통해 알 수 있는 관계. 인체의 포즈와 순간의 행동으로부터 알 수 있는 그 사람의 성격, 환경, 역사. 그런 것들을 포착할 수 있는 예술가들이 부럽다.

어제 책을 읽고 잤더니 사람들의 행동이 눈에 들어왔다. 선글라스를 팔기 위해 내게 "니하오!"를 외치는 흑인들의 눈빛을 본다. 그 옆에 건물 벽에 지쳐 기대어 자고 있는 다른 상인들도 장사가 잘되지 않는 듯하다. 왜 이런 거리에 상인들은 흑인이 많은 걸까? 사람들의 몸짓으로 그들이 가족인지, 우연히 만난 사람인지 예술가라면 알아낼 수 있어야 한다.

내 여행 동안의 스케치북을 보고 속상해졌다. 나는 중요한 유명 건물들 또는 풍경들만 그려 왔던 것이다. 이제는 사람들, 상인들, 여행객들, 그 외에 조그만 것들에게도 눈을 돌려서 그리고 싶다.

미켈란젤로 언덕에서 바라본 피렌체 풍경

7. 22. 피사

여러 가지 걱정 때문에 새벽 2시가 넘도록 잠을 잘 수가 없었다. 학교 가면 또 밤새워 공부해야 되고, 친구들과도 잘 지내야 되고, 겨울에 날씨가 추울 것이다. 문득 작년 겨울 돈 훔쳐 간 친구 기억이 나면서 슬퍼졌다. 그때 어떻게 그 겨울을 견뎌 낼 수 있었는지……

피사는 사탑이 있는 광장 외에는 여행객이 그리 많지 않다. 조용하고 아름다운 도시다. 아기자기하고 쇼핑 거리도 많다. 피사는 텔레토비 동산을 연상시킨다. 하늘도 동화 속처럼 파랗고 구름 또한 그렇다.

두오모 광장에서 : 피사의 사탑

피사의 세례당

7. 23. 두오모 성당

오늘은 느지막이 9시에 일어나서 피렌체 시내를 돌아다녔다. 잠깐
동안 비가 내려서인지 우울한 날이었다. 두오모 성당의 모습은 정말
화려하고 장엄했다. 화려한 것 같지만 많은 색깔을 쓴 것이 아니다.
평소 같으면 아름답다고 느꼈을 것이다. 그렇지만 오늘은 그 화려한

베키오 다리

기운에 기가 죽어 버렸다. 어제 모기 때문에 잠을 잘 못 자서 산타마리아노벨라 성당에 앉아서 잤다. 텐트에서 자는 것은 모기와의 전투이다.

두오모 성당과 세례당 사잇길로 베키오 다리 가는 중간에 사탕이랑 초콜릿 파는 가게가 있다. 색깔들이 너무 맛있어 보이고 예쁠 뿐더러 종이상자 포장이 두오모 세례당과 궁전의 탑 모양이었다. 두오모의 초록색 무늬를 살려서 심플하게 디자인했다. 나중에 포장 디자인할 때 써먹어 봐야겠다.

무라노 글라스로 만든 목걸이, 귀걸이, 이런 것들이 나를 유리공예에 관심 갖게 한다. 내년에 메탈 수업을 들으면 어떻게 해서든 작품을 만들고 싶다. 이탈리아라서인가, 가끔 뛰어난 핸드메이드 작품들을 만날 수 있다. 비가 내리니 훈데르트바서*의 말대로 건물들의 색이 더 살아나는 것 같다. 거리에서 구걸하는 사람, 연주하는 거리의 악사들, 예술가들, 사진을 찍는 관광객. 그들을 포착해서 그려 낼 수 있다면…….

---

* Hundertwasser(1928~2000). 오스트리아의 자연주의 건축가 겸 예술가. '훈데르트바서' 또는 '훈더바써'라고 표기한다. (편집자 주)

'비너스의 탄생' 크로키

7. 24. 우피치 미술관, 아카데미아 미술관

우피치 미술관 14번 방에 보티첼리의 '봄'과 '비너스의 탄생'이 있었다. 책과 사진으로 많이 보기는 했지만 실제로 보니 색깔이 은은하고 정말 아름다웠다. 아프로디테의 탄생이라는 주제와 어울리게 신비로운 색과 무늬, 구도를 갖추고 있었다. 한참 동안 바라보지 않을 수 없었다. 그 방에 들어가자마자 보이는 것이 그 두 그림인데 나는 처음엔 다빈치의 '수태고지' 방에서 다빈치만 보고 있었다. 그런데 '수태고지' 바로 옆방에 보티첼리 방이 있었다. 그 색깔을 잊을 수가 없다. 명화 속에는 신비로운 아우라가 있다.

미켈란젤로의 진짜 다비드 상을 보기 위해 아카데미아 미술관으로 향했다. 기다리는 데 3시간이 걸렸다. 이렇게 지긋지긋할 수가. 감기 기운도 있고 아침 일찍 일어나서 그런지 너무 피곤했다. 누가 뭐라 하지 않는다면 당장이라도 길에 누워서 뻗어 자고 싶었다. 줄 서서 기다리는 동안 길바닥에 앉아 고개 숙이고 잤다. 한참 기다린 끝에 다비드 상을 그릴 수 있게 되었다. 오늘은 새로 미술도구를 사서 신나는 날이다.

미켈란젤로의 다비드 상(왼쪽), 미술관 입장을 기다리는 사람들(오른쪽)

7. 25. 베키오 다리

어제 저녁은 ASTOR라는 식당에서 5유로짜리 치즈버거와 5유로짜리 핫윙을 먹었다. 오늘 아침엔 베키오 다리 쪽으로 걸으며 조각피자를 먹었다. 피티궁에서 게으르게 하루를 보냈다.

거리의 예술가들을 보면서 돈에 연연해하지 않고 자기 세계에 빠져 있는 것, 아니 자기 스타일을 갖는 것이 중요하다는 생각이 들었다. 예술의 목적이 상품이 되는 순간 그건 쓰레기인 것이다.

움직이는 인체, 광장의 사람들, 또는 내 상상을 그리고 싶다.

피렌체의 밤 : 두오모 대성당

7. 26. 시에나

머릿속에서 어지럽게 떠돌아다니는 그놈의 지긋지긋한 테트리스 아이디어를 정리해서 다시 적었다. 이제 이걸 끝으로 이 아이디어를 던져 버리고 떠나겠다. 더 이상 테트리스를 생각하지 않을 것이다. 나는 매일 아침 신선한 우유를 갈망하니까.

세상은 테트리스다.
게임 속 법칙이 곧 인간세상의
법칙이고 자연의 법칙이다.

 이것은 흙이다.

 이것은 나무다.

 이건 매춘부,

 이건 의사,

 이건 버스기사이다.

 빈 공간. 게임할 때 가장 원치 않는 것. 암 덩어리, 어린 시절의 상처가 남긴 공허함, 쓰레기통, 굶어 죽은 아프리카 아이들의 눈알, 총탄이 뚫고 지나간 구멍…… 예술가들의 놀이터. 숫자 0처럼 무한함을 담고 있는.

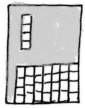

내 눈에 보이는 세상의 모습.
긴 막대기만 있으면
게임이 얼마나 쉽고 수월할까.

이건 어쩌면
명문대 학생.

캘리포니아 부자 동네의 가로수.

고층아파트와 빌딩들.

대형 마트, 똑같이 찍어낸 제품들.

강남 길거리, 완벽한 몸매와 얼굴,
똑같은 모습의 사람들, 아이돌들.

학원 버스 기다리는 아이들, 빼곡한 책
상들, 사육장의 작고 빽빽한 칸들.

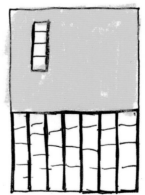

블록이 다 채워졌다. 드디어 2단계로?
그런데 이상하다. 아무 변화가 없다! 채
워진 블록들 위로 막대기 하나가 다시
떨어진다.

앞으로 나에게서 어떤 작품이 탄생할지는 아무도 모른다. 아무런 아이디어와 작품들이 없었는데 어느 날 탄생해 버린다. 아이들을 낳기 전에 태교가 중요하듯이 작품 탄생 전에 태교는 정말 중요하다. 나는 지금 세상을 돌아다니며 이것저것 읽고 보면서 태교를 하고 있는 것이다. 나는 태어나지 않은 수많은 아이들을 품고 있다.

피렌체에서 한 시간 반 거리에 있는 시에나에 다녀왔다. 아무 생각 없이 갔는데 시에나는 피렌체와는 또 다른 매력을 풍겼다. 캄포 광장은 정말 아름다웠지만 이제 건축물에 질려서 도저히 그려지지 않았다. 캄포 광장은 부채꼴 모양이고 그 주위로 유럽식 건물과 푸블리코 궁전이 있고 종탑이 솟아 있었다. 이 종탑을 오르면 온통 붉은색의 시에나가 한눈에 보인다.

7. 28. 베네치아

오늘은 바쁜 날이었다. 무라노, 부라노, 리도 섬을 하루에 다 도느라 수상버스만 다섯 번쯤 탄 것 같다.

내가 그토록 오고 싶었던 도시가 베네치아다. 사진으로 많이 봤고 어떤지도 알지만 신비로운 도시다. 다른 세상에 있는 느낌이다.

베네치아 부라노 섬

28/11 2012
Burano 5:45

베네치아 부라노 섬

murano
28/7

베네치아 무라노 섬

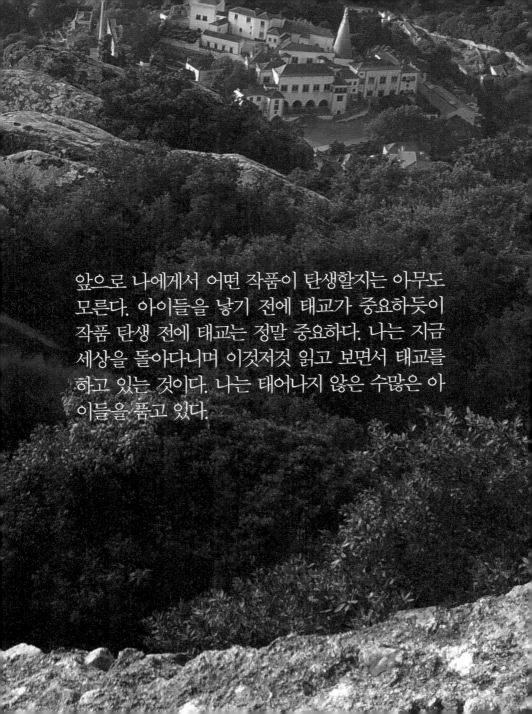

앞으로 나에게서 어떤 작품이 탄생할지는 아무도 모른다. 아이들을 낳기 전에 태교가 중요하듯이 작품 탄생 전에 태교는 정말 중요하다. 나는 지금 세상을 돌아다니며 이것저것 읽고 보면서 태교를 하고 있는 것이다. 나는 태어나지 않은 수많은 아이들을 품고 있다.

7. 29. 구겐하임 미술관

베네치아는 아름답지만 많은 예술가들이 그렸기 때문에 건축물이나 풍경들을 그리고 싶지 않다. 나는 베네치아 골목골목에 늘어선 장난감 돼지를 던지는 가난한 상인들을 그리고 싶다. 짝퉁 가방을 파는 사람들, 길거리에 수전증 걸린 듯 팔을 흔드는 빈곤을 그리고 싶다. 근데 그런 것을 그리면 그 사람들이 화낼 것 같고 내가 표현해 내리란 자신감도 없어 머뭇머뭇하다가 아주 조금 그렸지만 완성하지 못했다.

도대체 그 돼지가 의미하는 것이 무엇일까. 동그란 돼지 모양의 인형을 바닥에 던지면 쏟은 물이나 젤리처럼 납작해졌다가 부풀어 올라서 다시 돼지 모양이 된다. 어른들은 관심이 없어서 하루 종일 있어도 전혀 장사가 되지 않을 거라고 생각했다. 나는 그 돼지에 관심을 갖는다. 휴가를 즐기는 행복한 사람들, 부유함, 그런 채워짐의 공간에서 하루 종일 돼지를 파는 사람들……. 어른들은 웃어도 정말 웃는 것 같지가 않다. 지금 맞은편 테이블에 사람들이 술 취해서 웃는데 꼭 바보 같다. 어린이들의 웃음소리는 행복하다.

산마르코 광장과 비발디 기념관을 거쳐 페기 구겐하임 미술관에 들렀다.

7. 30. 트레비소

　트레비소에 다녀온 날이다. 트레비소는 내가 가고 싶은 디자인 연구소가 있는 곳이다. 그마나 있던 나의 자존심은 땅으로 곤두박질쳤다. 나는 다시 베네치아로 돌아가는 기차 안에 있다. 트레비소는 조용한 동네이다. 연구소 건물 안으로 들어가려고 하니 관계자가 나를 막았다. 제한된 공간이어서 누구도 들어갈 수 없다고 한다.

　지금 나의 스케치북은 옥수수밭의 옥수수만 재배하려고 한 것이다. 아무튼 나는 연구소 관계자를 만나서 내 스케치북을 보여 주고 싶었다. 그렇지만 괜찮다. 나는 이곳에 또 올 것이니까. 여유 있게 자전거를 타면서 지나가는 연구소 학생들을 보니 알 수 없는 감정이 치민다. 나는 한다면 하는 사람이다. 나는 여기 어떻게 오는지 알고 있다. 산타루치아 기차역에서 TRAVISO ENTRAN까지 가서 버스 1번을 타고 CATENA에서 내리면 된다. 나는 오늘 이 순간을 기억할 것이다.

　나는 스무 살 이전에 검정색이 되는 것이 꿈이다. 무한한 우주가 되고 싶다. 지구 어디를 가든 세상은 그리 다르지 않을 것이다. 나는 평생 Color Theory Class(색채이론 수업)를 듣는 것이다. 갈색에서 파란색을 뽑아 내기는 힘들다. 노란색이나 빨간색이 많이 들어가 있기 때문이다. 검정은 단순하지만 만들기 힘든 색이다. 모든 색깔을 일정한 비율에 맞춰 섞어야만 나오는 색이다. 나 자신을 검정으로 만들

것이다. 그 이후에는 무한한 우주 속에서 나만의 색깔을 뽑아낼 것이다.

쉽게 어른이 되고 싶지 않다. 바쁘게 살다 게으름을 피우다 내쫓기듯이 어른이 되고 싶지 않다. 어른이 되어서 아이들의 세계에 실망감을 안겨 주는 어른, 덩치만 큰 어른이 되고 싶지 않다.

베네치아 리알토 다리

7. 31. 베네치아 - 밀라노

정확히 한 달 반이면 학교로 돌아간다. 작년 이맘때쯤에는 한국을 떠날 날을 손꼽아 기다리며 이 학교의 생활을 고대했지만, 지금은 여러모로 걱정이 된다. 학교 생활은 완벽히 자유롭지 않다. 나는 이번 학기도 잘 견뎌 낼 것이라고 믿는다. 처음 갈 때는 정복자 펠레처럼 두려움이 없었는데. 그래, 나는 스스로 돈키호테라 생각한다. 무작정 가는 것이다. 학교 생활을 하는 데는 마음의 준비가 필요하다. 돈키호테에게는 준비가 없다. 처들어갈 뿐이다.

〈네이버 캐스트 심리학〉에서 '창의력이란 무엇인가, 어디서 나오는가'라는 글을 읽었다. 현대사회에서 요구하는 사람은 창의력 있는 사람이다. 사람들은 창의력 기르는 법을 공부하고, 엄마들은 아이들을 창의력 키우는 학원에 보낸다. 회사는 창의력 있는 젊은이를 뽑는다. 사람들은 회사에 합격하기 위해 새로운 생각을 가지려 악을 쓴다.

그러나 창의력은 교과서 과목이 아니다. 창의력을 키우고 싶으면 키우려고 배우거나 노력하지 말아야 한다. 창의력은 유아시절에 가장 중요하다고 한다. 억압적인 한국 사회에서 창의력 교육을 강제로 유아 때부터 시킨다면, 도대체 사회가 트렌드를 따라 갈구하며 외쳐 대는 그 '창의력 인재'는 어디서 나올 것인가?

31/7/2012 7월의 마지막날. Venezia- Milano

3시부터 6시 반까지 3시간 반동안 2등석 기차를 타고 밀라노로 왔다. 우리가 기차를
타려고 했을때에는 1시였는데 곧 출발하는 기차표로는 없었으나 한사람당 366 인가
해서 3시에 있는 176짜리 기차를 카페에 앉아서 기다렸다가 탔다. 그동안 책
Realism이랑 반야번의 보예이론을 읽었다. 기차에 앉아서도. 조금 책 읽다가 1시간
자고 나머지 두시간을 깨서 앉은자세로 오는것이 너무나도 큰 고통이었다. 점심과
저녁겸으로 버거킹에서 오니언링과 치킨랩으로 때웠다. 이 호텔은 전에 지냈던 힐튼에
비하면 토굴처럼 보다. 정확히 한을 반이면 학교로 돌아간다. 작년 이맘때쯤에는
빨리 한국을 떠나는날을 손꼽아 기다리고 학교생활을 하고 싶지만 지금은 여러모로 걱정이
된다. 학교생활은 신반히 자유롭지 않다. 나는 이번년도 잘 견뎌낼 것이라고 믿는다.
그때는 정복자 펠릭체처럼 두려움이 없었는데. 그때 나는 사- 스스로를 돈키호테라고
생각한다. 무작정 앞서 하싸돌고 가는것이다. 학교생활을 하는데에는 마음의 준비가
필요하고 훈바가 필요하다. 돈키호테에게는 훈바가 없다. 돈키호테는 쳐들어갈 뿐이다.

그나저나 이 새로운 호텔, EURO Inn의 Reception 하는 사람들은 조록같이 생겼다. 그런데 내가 96년생이라고 하니까 '어리다' 하는 표정으로 보았다. 나한테 " Are you 96?" 이러면서. 우리는 저녁을 빅쿄오 배고파서 감자칩사먹고 저녁 11시에 오나가서 피자를 사먹었다. 오늘은 뭐 그런게 없는 날이야. 오늘 여행이 한알남은 시점에서 나는 것들을 다듬는다.

' 과거의 진정한 像은 휙 스쳐 지나가 버린다. 다만 우리는, 그것이 인식되어지는 찰나에 영원히 되돌아 올 수 없이 다시 사라져 버리는, 마치 섬광처럼 스쳐 지나가는 상으로만 과거를 붙잡을 수 있을 뿐이다. ' -벤야민 -

' 현대의 인간은 누구나가 영화화 되어 화면에 나올 수 있는 권리를 가지고 있다. 이러한 권리를 가장 명확히 알기 위해서는 오늘날의 문학계의 역사적 상황이 어떠한가를 살펴보는 시각이 필요하다.'

오묘한 색깔을 지니고 있는.
잠들기'직전 어둠 속에서 보이는 혼란 속에서
탄생을 만들어내는 이 무한함이 외고싶다.

위대한 예술작품의 역사는 그 숙명과 예술가가 살던 당대의 형상화, 그리고 그 후에 이어지는 근본적으로 영원히 영원히 계속되는 삶의 여러 단계를 잘 알고 있다. 영원히 계속되는 예술작품의 삶, 바로 이러한 삶의 밖으로 드러난 형태가 <명성>이라는 것이다. 정보의 전안 이상의 성격을 지닌 번역은, 한 작품이 갖는 지속적 삶 속에서 그 작품이 명성을 얻게되는 시기에 생겨난다. 따라서 이러한 번역은, 나쁜 번역자들이 주장하는 것과는 반대로 작품의 명성에 기여하기보다는 오히려 이러한 작품의 명성에 힘입고 있는것이다'

8. 1. 산타마리아

오늘은 서점에서 주로 많은 시간을 보냈다. 처음은 조그만 서점에서 잠깐 책을 읽고 텔레그라치에 성당에서 '최후의 만찬'을 보는 것으로 시작했다. 예약은 1시였지만 12시에 미리 가서 티켓을 끊었다.

'최후의 만찬'은 초점을 정확하게 예수에 맞추고 있어서 알 수 없는 신비감과 깔끔한 느낌을 불러일으킨다.

1/8/2012

자화상

나는 스무 살 이전에 검정색이 되는 것이 꿈이다.
무한한 우주가 되고 싶다. 검정은 단순하
지만 만들기 힘든 색이다. 모든 색깔을 일정한 비율에 맞춰 섞
어야만 나오는 색이다. 나 자신을 검정으로 만들 것이다. 그
이후에는 무한한 우주 속에서 나만의 색깔을 뽑아낼 것이다.

8. 2. 베로나

어느새 한 달이 가고 이탈리아를 떠난다. 믿을 수가 없다. 시간이
점점 빨리 간다.

이탈리아어는 정겨웠다. 이탈리아에 소매치기가 많다고 해서 무지
걱정했는데 다만 선글라스를 잃어버려서 무지 슬프다.

엄마와 함께 있는 시간들이 얼마나 소중한지 나는 까먹고 있었다.
앞으로 가족들이 다 함께 만나는 일이 점점 드물 것이다. 왜 언제나
그땐 몰랐을까. 가족들이 다 같이 치킨 뜯으면서 개그콘서트 보며 웃
던 때가 그립다. 앞으로 일요일이 네 번 가면 엄마와도 헤어지고 일
년 후에나 볼 수 있을 것이다. 나는 홀로 크리스마스와 새해를 보내
야 한다.

나는 겨울에도 한국에 안 가고 가장 비행기 표가 싼 더블린에 가고
싶다. 홀로 호스텔 싱글 룸에서 지내면서 낮에는 미술관에 가고 서점
에서 책을 읽기도 하고 스케치도 하다가, 일찍 들어와서 저녁에는 글
도 쓰고 동화책도 쓰면서 조용히 보낼 수 있었으면.

책 읽다 잠든 엄마, 밀라노 숙소에서

프랑스
France

8. 3. 니스

니스로 가는 기차 안에 있다. 4시간을 가서 어느 역에서 니스로 가는 기차로 갈아타야 한다. 기차는 지중해를 끼고 바로 옆으로 가고 있다. 바다의 색깔은 너무나도 아름답다.

아리스토텔레스의 형이상학을 읽었는데 어렵다. 최고의 사고는 아무것도 사고하지 않는 것도 아니고 어떤 것을 사고하는 것도 아니다. 잠재적인 것으로 머무르는 것도 아니고 현실적인 것도 아니다. 글을 쓰는 것도 쓰지 않는 것도 아니라는 점이다.

8. 4. 모나코

　이 세상에 존재한다는 사실이 반갑지는 않다. 그렇지만 니스의 해변은 아름답다. 나는 물이 좋다. 나는 옷이 존재한다는 사실조차 싫다. 그냥 밀림 속에서 자유롭게 벗고 돌아다녔으면 좋겠다. 원시의 삶을 살고 싶다. 강에서 고기도 잡고 밤에는 별을 보고 장작불을 피우고 초원에서 어디든지 말을 타고 옮겨 다니는, 아메리카 원주민이나

깊은 밤, 니스

몽골인들의 그런 삶을 동경한다.

많은 고민이 되기 시작한다. 오랜 비행을 하다가 새장 속으로 다시 들어가야 하기 때문이다. 가는 곳마다 새로움이고 충격이었기에 필이 꽂혀 그림을 그렸는데 이젠 필이 꽂히지 않는다. 내가 우울해지는 것은 오늘 그림을 그리지 못했기 때문이다.

모나코 몬테카를로 해변에 다녀오는 길에 니스역 앞 중국음식점에서 베트남 쌀국수와 닭꼬치를 저녁으로 먹었다. 야식으로는 맥도날드에서 감자튀김을 먹었다. 종일 그림을 안 그려서 이대로는 안 되겠다 싶어 그림을 그리려고 했으나 물이 없어서 맥주로 그렸다.

8. 5. 마티스 미술관, 샤갈 미술관

마티스 미술관과 샤갈 미술관에 다녀왔다. 그 사람들의 색깔과 스타일과 상상력(생각의 흐름)을 배우기 위해 따라 그려 보고 그 스타일로 그려 보기도 했다.

이 프랑스 가정집은 정말 프랑스 분위기가 난다. 주방에서 토마토와 치즈에 올리브오일을 넣은 카프리제 샐러드와 스파게티를 만들어 먹었다. 이런 소소한 일들이 즐겁다.

니스의 과일은 싸고 맛있다. 스페인보다 더 싼 듯하다. 재래시장에서 멜론 한 개에 1유로, 포도 1킬로그램에 1유로, 바나나 1킬로그램에 1유로⋯⋯. 옥수수도 팔고 별거 다 팔았지만 포도 한 송이 0.3유로, 바나나 2개 0.3유로, 멜론 한 개, 이렇게 모두 2유로도 안 되는 가격에 과일을 실컷 먹을 수 있었다.

슬픈 의자(니스 민박집)

마티스 미술관(위)
엄마(마티스 풍으로, 아래)

샤갈의 〈파라다이스Paradise〉 모사(위)
반려견 행운이와 수완이(샤갈 풍으로, 아래)

샤갈과 마티스, 이들은 인생을 맘껏 살다 간 사람들이다. 조각, 건축, 가구, 디자인, 카펫, 이런 것 저런 것 다 모두 자기 스타일대로 만들고 꾸미며 살다 간 이들이 부럽다.

나는 예전처럼 예뻐지려고 노력하지 않는다. 나는 어느 누구에게도 예쁘게 보이고 싶지 않고 그럴 필요도 없다. 나는 그것이 무엇인지 어디인지 모르는, 모르는 곳에서 끓어 넘치는 그것을 달래느라 정신이 없기 때문이다. 쓸데없는 비유나 추측도 필요 없다. 나는 그것이 무엇인지 생각할 새도 없이 그것이 하라는 대로 할 뿐이다. 도대체 그것은 무엇일까. 왜 나를 가만히 두지 않는 걸까. 그것은 먼 어딘가 가득 채워진 공허함을 바라보는 것 같다. 그것이 나를 불안하고 외롭게 만들어 버린다. 그것은 생각도 없고 눈, 코, 입도 없다. 연체동물처럼 꿈틀거릴 뿐이다.

8. 6. 생폴드방스

두 번째 스케치북도 끝나 간다. 그렇지만 나에게는 아직 텅텅 비어 있는 세 번째 스케치북이 있다.

오늘은 샤갈, 마티스, 피카소가 살았다고 하는 예술가의 마을 생폴드방스(Saint paul de vence)에 갔다. 프랑스인들의 국민성은 특별하진 않다. 그런데 특이하다. 가끔 가다가 만나는 싸가지 없고 불친절한 사

6/8
st - Paul de vence
생폴드방스

6/8 St-Paul de Venoe 르특

생폴드방스의 골목길

람들이 나를 짜증나게 한다. 그럴 때면 스페인이 그립다. 스페인 사람들은 영어를 못해도 다른 사람들에게 물어봐서라도 끝까지 길을 알려 주었다. 그런데 이곳 프랑스 사람들은 내가 하는 프랑스 발음을 못 알아듣겠으면 "NO"라고 말하고 영어로 말하면 "No speak English"라고 해서 이래저래 프랑스에서는 짜증난다.

생폴드방스는 정말 옛 프랑스의 마을이다. 거리에 있는 가게에서 파는 물건들도 이탈리아나 스페인에서 보는 것보다 맘에 드는 것이 많다. 조그마한 일러스트레이션 작품들, 디스플레이, 핸드메이드 작품들, 행주들도 프랑스적이다. 근데 어느 가게에서 본 인종차별적인 작품 하나는 찢어발겨 버리고 싶었다.

공동묘지에는 세라믹으로 만든 많은 꽃들이 널브러져 있었다. 샤갈의 묘를 찾으려고 노력했지만 그의 묘는 유독 밋밋해서 그냥 지나치려다 돌멩이에 적힌 "아름다워요 샤갈!"이라는 한글 문구를 보고서야 찾을 수 있었다. 나도 조그마한 돌멩이를 주워 우리 집 강아지 행운이를 꽃과 함께 그려서 올려놓고 왔다. 하지만 10분 후에 비가 내려서 거지꼴이 되었을 것이다.

8. 7. 아를

아를이다. 기차에서 보는 프로방스 풍경은 나를 설레게 만들었다. 정말 반 고흐가 자신의 그림에 넣었던 색깔들이 보였다. 이곳은 시골이다. 유스호스텔 데스크 직원이 내게 "모르는 사람에게 신용카드를 빌려 주지 말라"는 등 헛소리를 하고 집적대니까 짜증이 났다. 내가 지내는 이 호스텔 주위는 어쩐지 미국 미시간과 캘리포니아 느낌이 났다. 아마도 크게 자리 잡은 미국식 대형마트 때문일 것이다.

미국의 대형마트를 보면 뭐든지 캔이나 포장으로 대량생산되고 어떤 디자인도 정성스러워 보이지 않는다. 차들도 똑같고 집들도 똑같고, 다 똑같다. 한국도 그렇다. 앤디 워홀이 왜 위대한지 미국에 가서야 나는 깨달았다. 내가 미국에서 태어났다 해도 그곳에서 자랐다면 견디지 못했을 것이다.

유럽에 오니 그런 분위기가 아니라서 좋았다. 그런데 하필 고흐를 만나러 온 아를에서 이런 분위기를 느끼니까 슬프다. 이 세상에서 살아가는 것이 숨이 막혀 견딜 수가 없다. 나는 예술로 숨 쉬어야만 한다.

8. 8. 아비뇽

　이 시간이 과거가 되리란 것을 믿을 수 없다. 내가 어렸을 때 어떤 생각을 하면 계속 그 생각을 하고 있다는 것을 느꼈었다. 그래서 언제까지 시간이 지나도 그 생각을 하고 있나 실험하기 위해 '지금도 지금에 대해 생각하고 있다. 지금도 지금도 지금도 지금도 지금도……' 하고 마음속으로 외쳤었다. 그런데 그것을 외치는 사이에 딴생각을 하게 되고, 어느 순간 내가 아직도 지금이라고 외치는 것을 알았다. 그때는 그 지금이 이 지금이 아니라는 것을 알아챘다. 어렸을 때는 시곗바늘을 보면 멈춰 있는 것 같아서 그것이 움직이는 것을 보고 말겠다는 일념으로 바라보다가 잠들었다. 그런데 일어나면 몇 시간이 흘러가 있는 것처럼, 자고 나면 시간은 꿈으로만 남아 버린다. 내가 이런 말을 했더니 엄마는 "그건 하이데거*가 했던 생각인 걸" 하신다.

　앙글라동 미술관에 모딜리아니, 피카소, 세잔 등의 작품이 있다고 해서 기대를 하고 갔지만 별 대작은 없었다. 그렇지만 지금 당장 유화를 그리고 싶다는 충동이 들었다.

* 마르틴 하이데거(Martin Heidegger, 1889~1976). 『존재와 시간』 등의 저서를 쓴 독일의 실존주의 철학자. (편집자 주)

아비뇽 대성당 첨탑

Pont Saint - Benezet

8/8 AViGNON

아비뇽 성 베네제 다리

　프랑스는 향에 관련된 상품들이 많다. 비누, 향수, 초콜릿, 이런 자잘한 것들을 구경하는 것이 좋다.

　날씨가 싸늘해졌다. 어디선가 겨울이 눈을 뜨고 일어나서 하품을 하나 보다. 그것은 무리를 이끌고 달려오는 것인가, 아니면 멀리 떨어져서 입김을 뿜어 내는 것일까? 그것은 어떻게 생겼을까? 8월, 9월, 11월, 12월, 날짜가 적혀 있는 차트를 뱉어 내면 그 차트가 순서대로 내 앞을 휘리릭 지나갈 것이다.

8. 9. 님

도대체 새로운 것은 어떤 것인가. 그러다가 문득 '새로움은 익숙함의 익숙하지 않음, 익숙하지 않은 익숙함이다'라는 생각이 들었다. 익숙함은 자연스러움이다. 그것들은 그 자리에 너무나 자연스럽게 존재한다. 그것들은 그곳에 있는 것들에게는 익숙한 것들이다. 그 익숙한 흐름이 그것을 느껴 본 적 없는 내게 다가올 때 새로움을 가져온다. 그것이 새로움이 가진 진정한 포즈일 것이다. 예를 들어 로마의 트레비분수를 본뜬 분수가 롯데월드에도 있지만 롯데월드의 분수엔 아우라가 없다. 로마의 트레비분수는 그 익숙한 환경속에 익숙하게 내버려져 있어 새로운 아우라를 뿜어 낸다.

외국에 가서 가장 먼저 느낄 수 있는 새로움은 비행기가 착륙할 때이다. 익숙하지 않은 색깔과 형태의 나무와 돌들이 자연스럽게 원래 그랬다는 듯이 그 자리에서 바람에 빗기고 있을 때이다. 무엇이든 그것을 자아내려고 하면 모습은 만들어지겠지만 그 포스가 억지일수록 아우라는 피해 갈 것이다. 아무튼 새로움의 모습들은 너무나 소소하고 자연스러운 것들이다.

프랑스 영화 〈녹색광선〉은 지루한 영화다. 스토리도 없이 그저 장미가 많이 핀 정원을 거닐고 거닐기만 하는 너무 지루한 영화다. 그런데 많은 할리우드 영화에서 유럽의 모습을 봤지만 〈녹색광선〉을 봤을 때만큼 프랑스에 가고 싶다는 생각을 해 본 적이 없다. 아시안

9/8
Nimes

님의 로마 신전, 메종 카레

들이 V자를 하고 사진을 찍는 것이 다른 나라 사람들에게는 새로움이다. 예술가들에게서 느껴지는 어떤 포스 또한 그럴 것이다. 대충 그린 듯 자연스러운 선들은 숙련된 것들이다. 이러한 자연스러운 선과 질감들이 그림의 포스들을 만들어 낸다. 댄서들의 손동작 발동작 하나하나, 모델의 자연스러운 워킹, 꾸미지 않은 듯 익숙하게 꾸며 입은 옷차림도 그런 포스를 자아낸다.

그러면 왜 하필 자연일까. 우리도 자연에서 왔기 때문이다. 원시적이고 무한한, 우주 어디에나 있는 에너지와 생명. 예술가는 내가 가진 익숙함을 버리고 다른 익숙함의 흐름을 보러 떠나는 것이다.

신이 가지고 있는 포스 또한 그런 것이다. 신이 신의 포스를 지나치게 자아내려고 하면 그 신은 신의 모습에서 멀리 도망가 버린다. 에너지는 언제나 불규칙적으로 자연스럽게 흘러가는 것이기 때문에 그것을 잡아 내는 손은 새로움에 익숙해야 한다.

오늘 저녁은 숯불에다 돼지고기를 굽고 토마토와 치즈와 오렌지 주스를 먹었다. 자연스럽게 피어나는 숯불을 보면서 그 안에 무한한 신을 본다. 그것은 나를 아프리카로 가고 싶게 만든다. 많은 익숙함을 타고 노는 것들은 신성한 것, 곧 신이다.

8. 10. 아를

오늘은 반 고흐의 흔적을 찾아서 밤의 카페 찍고, 생레미 정신병원을 찍었다. 정신병원은 도서관이 되어 있었다. 시원한 도서관에서 아무 데도 안 가고 책이나 읽고 싶었지만 1번 버스를 타고 고흐의 도개교를 찾아갔다. 저녁에는 다시 론 강변으로 와서 별과 강의 불빛들이 고흐의 그림처럼 반짝이는 것을 보고 싶었다. 그러나 그때의 별빛은 없고 너무 어두워져 정류장에 오니까 버스가 끊겼다.

론 강변의 플라타너스

아를 버스정류장의 자작나무

나는 미국에서 나 자신을 버리려고 노력했다. 언어를 배우는 것도 모방하면서 생겨난 나의 페르소나이다. 학교에 있을 때는 영어로 생각을 많이 한다. 그때 영어로 생각하는 나는 나로 존재하는가? 정말 그게 나인가 하는 의문이 든다.

나의 모국어는 한국어다. 그것이 나의 본모습이고 정말 나 자신이라고 생각해 왔다. 그런데 여행하면서 생각이 바뀌었다. 생각해 보니 한국어도, 한국어로 생각하는 나 자신도 처음 말을 배울 때 누군가에게서 배운 것이 아닌가? 나의 본모습이란 것은 결국 다른 사람을 모방하고 경험하면서 만들어진 것이다. 그렇게 생겨난 옷가지들, 껍데기들이 본모습이라면 마스크를 벗고 옷을 모두 벗어 버린 나는 무엇인가. 그 발가벗은 내 본얼굴 또한 나의 얼굴인가? 그 또한 어쩌면 껍데기에 불과할 뿐이다.

생각은 모방에서 나온 언어로 하고, 언어로 생각하지 않는 나는 존재하지 않는가? 이런 생각을 하면 나는 슬프고 허무에 빠진다.

8. 11. 엑상프로방스

새벽 6시쯤 일어나자마자 엑상프로방스 가는 버스를 향해 조깅을 했다. 오늘은 시장이 열리는 날이어서 버스를 원래 정류장이 아닌 PARKING에서 타야 했다. 그곳까지 뛰어가서 기다리다가 파란 버스 운전사에게 물어보니 그 버스가 엑상프로방스에 간다고 한다. 버스에 타서 거의 기절한 상태로 자면서 갔다.

세잔의 아틀리에는 아담했다. 페인팅 오일 냄새가 났다. 오른쪽 창문이 정말 크고 햇빛이 잘 들어와서 좋았다. 나는 세잔의 그림에서 본 조각을 그리려고 했지만 집중이 잘 안 되어서 그리다가 찢어 버렸다. 그림이 잘 되지 않아 화가 난 상태에서 모기에 뜯기며 내려왔더니 마을에 시장이 열려 있었다. 꽃과 과일, 야채 등등 온갖 먹을 것들이 넘쳐났다. 카데드랄 앞에 그림을 파는 광장이 있었는데 그림 파는 시장이 제일 별로였다.

8. 12. 낭트

지금 낭트로 가는 TGV 기차 안에 있다. 어제 잠들기 직전에 꿈을 꾸었다. 그러나 꿈을 의식할 수 있는 상태에 있었다.

나는 어떤 바다 위에 서 있었다. 바다는 짙은 푸른색이었고 하늘은 파란색이었다. 그냥 그 상태로 있었는데 어디선가 "야!" 하는 소리가 들렸다. 엄마가 나를 부르는 소리였는데 엄마는 보이지 않고 수면 위로 무엇인가 하얗고 네모난 것이 올라갔다 사라져 버렸다. 자세히 보니까 그것은 고래의 꼬리였다. 수면 밑으로 검푸른 고래의 형상이 희미하게 보일락 말락 하다가 "야!"라는 말과 동시에 꼬리가 나타났다가, 바닷물을 탁 치고 그 말의 소리가 사라짐과 동시에 고래도 사라져 버렸다. 바다 물결이 그 자리에서 출렁거리며 햇빛에 반짝이고 있었다. 나는 이것이 바로 말의 어떠한 것이라는 생각이 들었다. 언어란 것이 이런 것이로구나 하는.

어떻게 하면 예술가로서 현재와 미래, 그리고 과거를 볼 수 있을까, 라는 생각을 하면서 아침을 먹고 있었다. 왜냐하면 죽고 나서도 계속 이 시대까지 연구되고 남아 있는 사람들은 꼭 긍정적이든 부정적이든 미래를 향하는 발걸음을 내디뎠기 때문이다. 그 시대를 대표하면서도 미래에도 남아 있는 것이다. 과거의 것이 지금까지 남아 변하지 않는 것들의 흐름을 잡아내는 것이 미래의 눈이라는 생각이 들었다.

변하지 않고 어디에나 있는 가난과 본능. 인간에겐 언제나 변하지 않는 본능이 있다.

가령 어떤 예술가가 과거에 노예시장의 풍경을 그렸다. 노예시장은 지금은 존재하지 않는다. 그 그림은 그 시대를 반영하고 대표하여 그곳에 있다. 그러나 그 그림은 지금도 남아 있는 인종차별이나 다른 차별에도 질문을 던지기에 미래에도 있다. 지금은 존재하지 않아서 과거의 모습이면서 현재와 미래의 모습이기도 한 것. 역사적 유물론자란 그런 것이 아닐까. 수학 공식 하나를 알면 그것에 관련된 모든 문제들이 쉽게 풀린다. 역사적 유물론자는 수학 공식처럼 변하지 않는 어떤 공식을 알고 있기 때문에 언제나 우리와의 게임에서 이긴다. 책상 밑에 숨어서 인형을 조종하며 이기고 있는 난쟁이*는 우리가 식탁 밑으로 덮어 버리고 보려고 하지 않는 것들이다. 그 난쟁이의 모습은 어쩌면 보들레르나 랭보의 시일 수도 있다. 고야나 에곤 실레의 그림일 수도 있다.

---

* 독일의 비평가 발터 벤야민이 쓴 '역사의 개념에 대하여'(1940)에 등장하는 이야기. 이 글에서 벤야민은 인형을 '역사적 유물론'에, 난쟁이를 '신학'에 비유했다. 관련 대목은 다음과 같다.
"사람들 말에 의하면 어떤 체스 자동기계가 있었다고 하는데, 이 기계는 누군가 장기를 두면 그때마다 그 반대 수를 둠으로써 언제나 이기도록 만들어졌다. 터키 의상을 입은 인형이 넓은 책상 위에 놓인 체스판 앞에 앉아 있었다. 거울로 장치를 함으로써 이 책상은 사방에서 훤히 들여다볼 수 있다는 환상을 불러일으키게 하였다. 그러나 실제로는 체스의 명수인 난쟁이가 그 책상 안에 앉아서 줄을 당겨 인형의 손놀림을 조종하였다. 우리는 철학에서도 이러한 장치에 이용되는 것을 상상할 수가 있다. 항상 승리하게끔 되어 있는 것은 소위 '역사적 유물론'이라고 불리는 인형이다. 이 역사적 유물론은, 만약 그것이 오늘날 왜소하고 못생겼으며 그렇기 때문에 어떻게 해서라도 그 모습을 밖으로 드러내서는 안 되는 신학을 자기의 것으로 이용한다면, 누구하고도 한 판 승부를 벌일 수 있을 것이다." (편집자 주)

　그렇다면 거울은 무엇인가. 거울 장치를 함으로써 책상을 훤히 들여다볼 수 있다는 환상을 준다고 했다. 거울이란 우리가 다른 동물보다 위대하고, 진보적이고, 우월하다는 미화된 그런 생각들이 아닐까? 예술가들은 그 거울을 들춰내고 자신의 눈으로 본 난쟁이를 그려 낸다. 사람들의 시각을 바꿔 놓은 예술가들로 인해 인간은 우리들이 난쟁이의 정체를 알아챘다고 느끼고 긍정적인 방향으로 진보하고 있다고 생각할 것이다. 그러나 그 생각 또한 우리를 달콤한 환상에 집어넣은 거울인 것이다. 그 난쟁이의 모습을 인정하는 순간 추악한 난쟁이는 인형이 되어 버린다. 그리고 난쟁이는 새로운 거울 속으로 숨어버려 볼 수 없게 되는 것이다. 난쟁이의 모습은 영원히 볼 수 없다.

　예술가들에게 주어진 과제는 지금 우리가 가진 거울을 들춰내고 내 눈에 보이는 난쟁이들을 그려 내는 것이다. 그러나 역사적 유물론자는 언제나 우리를 이기고 만다. 난쟁이는 그 공식을 만들어내는 자가 아니다. 인간들이 매번 새로운 거울을 만들어 내어 자기를 보지 못한다는 사실을 알고 있는 것이다. 이것이 바로 자동 체스기계다. 이 장치들과 난쟁이는 우리가 스스로 만들어 낸 그런 것이 아닐까?

8. 13. 투르

투르에는 몇백 개의 성이 있다는데 우리는 고작 다빈치가 묻힌 예배당이 있는 앙부아즈 성에만 갔다. 고성은 아름다웠다. 그렇지만 엄마는 별로 살고 싶지는 않다고 한다. 아무튼 작은 예배당에 레오나르도 다빈치의 유해가 안치되어 있었다. 정말 많은 예술가들의 고향과 무덤을 방문했으니 그들이 나에게 기를 불어넣어 주겠지.

성까지 가는 다리를 건너야 했는데 다리 건너기 전에 성의 풍경을 보자마자 정신없이 그렸다. 전에는 그림 그리는 데 한 시간 투자했던 것을 이제는 10분 만에 대충 그리고 있다. 그래서 이번에는 집중을 해서 그려 보았다. 그래도 30분밖에 안 걸렸다. 물병을 들고 다니는데 너무 더우니까 막상 그림 그릴 때는 물을 다 마셔 버리고 없다. 그래서 붓을 빨지도 못하고 그림 색상이 언제나 엉망이 된다.

루아즈 강변에서 본 앙부아즈 성(위), 성에서 바라본 마을(아래)

8. 14. 카르나크

14/8/2012
carnac 2ioo
모르비앙의 거석들

　모르비앙 거석 지대에서 들판 위 거석들을 둘러보다가 한 지점에서 그림을 그리려고 하는데 엄마가 블랙베리를 발견했다. 까맣게 익은 것 하나를 따 먹고 보니 주위에 블랙베리가 지천에 깔려 있는 것을 알게 되었다. 야생 사과도 따 먹고 블랙베리를 몇 주먹씩 따 먹었다. 중간에 가시덩굴을 밟아 가시가 내 발에 다닥다닥 박혀서 아파 죽는 줄 알았지만……. 이것은 전에 즐겨 보지 못한, 공돈을 거리에서 주운 것만 같은 즐거움이었다. 여기는 알 수 없는 여러 종류의 꽃들이 지천으로 깔려 있다. 로즈마리를 뜯어다가 반지도 만들고 자연과 하나가 된 것 같은 시간이었다. 그러면서도 2주 후에 학교에 돌아갈 생각에 마음에선 벌써 유럽이 사라지고 있었다.

8. 15. 낭트

디자인이 중요하다. 낭트패스에 있는 신비로운 사진 디자인, 밤에 헤드라이트 켜고 오토바이 타는, 몽환적인 낭트패스디자인은 낭트의 이미지와 잘 맞는다. (그렇게 박아 놨기 때문인지) 사람들의 티셔츠와 바지 차림의 옷 스타일도 깔끔하고 좋았다.

엄마와 둘이 프랑스의 어느 곳에서 하염없이 자전거를 타면서 하루를 보냈다. 바람이 많이 불었는데 그것이 더 좋았다. 내 위층에 있는 여자는 감기에 걸렸는지 계속 코를 푼다.

15/8 Nantes

낭트 공원에서

15/8 nantes

낭트 강변에서

낭트 칙령(1598)이 선포된 브르타뉴 공작 성(위), 렌의 리스광장(아래)

노르망디의 몽생미셸 수도원

8. 17. 몽생미셸

내 또래 한국 아이들의 일상이 궁금해진다. 그리고 보니 나는 여행하면서 내 또래를 만난 적이 없다. 학원 다니고 학교생활 하고 야자하는 것, 그런 것들이 궁금해진다. 중학교 때는 어땠는지 잘 기억나지 않는다. 나는 과거를 떠올리지 않고 오직 내 미래에 대해서만 생각한다. 이런저런 생각할 것 없이 이 세상을 빨아들이겠다는 생각만 하고 있다. 뭔가 외로운 생각이 든다. 또래들로부터 동떨어진 느낌.

몽생미셸 수도원 앞 갯벌에 고인 물은 물결을 치고 있었다. 그 물결들이 좋다. 바닥에는 물결 때문에 물결무늬가 생겨 있었고 그 바닥무늬 때문에 고인 물은 이동하면서 물결무늬로 물결을 칠 수가 있었다.

우리는 아무도 없는 갯벌 한가운데까지 걸어갔다. 내가 그림을 그리는 동안 엄마는 노상(해상?)방뇨를 했다. 바닥이 온통 울퉁불퉁해서 지압이 된다. 세라믹 시간에 내가 썼던 찰흙 같은 갯벌의 느낌이 좋다. 스페인에서는 내 열일곱을 축하하는 파티 분위기였는데. 프랑스는 나를 차갑게 바라보는 것 같다.

nt Michel

8. 18. 파리

렌에서 파리로 가는 떼제베TGV 열차에 앉아 있다. 좌석 번호를 잘못 보고 앉았다가 누가 와서 자기 자리라고 해서 우리 자리를 다시 찾아 앉았다. 옮기다가 잘못해서 어떤 여자 발을 살짝 밟았는데 죽일 듯이 노려본다. 유독 프랑스 여자들은 일부러 그런 것은 아니겠지만 눈빛이 차갑다. 떼제베는 징그럽게 비싸다.

센 강 야경 투어는 멋졌다. 프랑스 국기에 담긴 빨간색은 나를 열불 나게 한다. 에펠탑 불쇼의 하얀 전구는 프랑스 국기의 색. 하얀색은 나를 파랗게 가라앉혀 버린다.

오늘은 저녁에 국수와 김밥을 배터지게 먹었다. 파리는 특이한 도시다. 벌써 3번째 스케치북의 마지막 페이지다. 내일은 버블티 파는 곳과 미술재료 파는 곳을 기필코 알아내고 말 테다.

오늘 하루가 정말 길었다. 하도 스트레스를 받아서 머리가 아프다. 파리에는 불친절한 사람이 많지만 파리에서 살아 보고 싶다는 생각이 든다.

18/ 8 / Paris

8. 19. 루브르 박물관

루브르 박물관에 다녀왔다. 상상 초월까지는 아니지만 진짜 크다. 개선문 야경까지 보고 싶었지만 졸려서 그냥 왔다. 모나리자는 신비롭다. 황제의 대관식도……

내가 초등학교 때 한창 르네상스 예술에 푹 빠져 있었을 때 유럽에 정말 가고 싶었다. 미술에는 아무 관심도 없는 반 애들이 방학이면 루브르에 갔다 왔다고 할 때 너무나 부러웠었다. 많은 사람들이 왔다 가는 곳이지만 내가 드디어 오늘 루브르를 찍었다. 천천히 다 보려면 일주일은 걸릴 것 같고 힘들지만 이런 그림들을 보는 것이 좋다.

8. 20. 퐁피두 센터

2018 Pompidou Centre

파리 퐁피두 센터

20/8 풀피스 선데 에서
보이는 에펠탑과파리
시내전경

GERHARD RICHTER

"directly from photographs, photo paintings"
American pop art, European informal art, a new
vision of painting. from newspapers, his selection
of subjects made him one of the first artists of
his generation to face up to Germany's Nazi
pass and the emergence of a western consumer
culture

8. 21. 오르세 미술관, 로댕 미술관

미술관에는 예술가들의 영혼이나 스타들을 만나러 가는 것 같다. 어떤 한국 남자가 "오르세에는 유명한 작품이 많으니까 구경하는 재미가 있네." 한다.

로댕 미술관에는 영화 〈까미유 끌로델〉에서 까미유가 작업하던 작품들의 완성품들이 있었다. 엄마가 로댕의 입맞춤을 보고 "내가 너만할 때 샘터 책에서 이 작품을 보고 충격받았지" 한다. 과연 엄마가 반할 만하다. 아무튼 어제는 버블티 집을 찾을 수 있었다. 뉴욕에서 먹은 버블 티만큼 맛있지는 않지만 비슷하게 맛있었다.

로댕의 '입맞춤'

8. 22. 오랑주리 미술관

오늘은 오랑주리 미술관에 가서 인상파 작품들을 보고 왔다. 모네, 마네, 피카소, 모딜리아니, 그 사람들이 쓴 색깔들은 파리 풍경보다 감동적이었다. 나는 오일파스텔로 모작을 해 봤지만 오일파스텔은 쉬웠다. 오전 한 시가 넘도록 카페에는 사람들이 술 취해서 멍청한 소리를 내며 떠들어 대고 있다.

모딜리아니 모사(왼쪽), 피카소 모사(오른쪽)

8. 23. 파리

지금 너무 내 미래만을 생각하고 있지만 미래에서는 과거를 더듬으며 그곳에서 행복을 찾을 때가 있다. 언제나 미래만이 긍정적으로 나아가는 것이 아니고 과거도 버려야 할 것이 아니다. 나는 이제 쿨하게 남은 7일을 아무런 걱정, 심지어 돈 걱정도 하지 않기로 한다.

학교에 가면 육체적으로 정신적으로 긴장하고 자유롭지 못하겠지만 그렇다고 완전히 갇혀 있는 것은 아니다. 보도블록 위를 걸으면서 누군가의 얼굴을 떠올리는데 그 사람의 얼굴이 분명히 보이지만 절대로 보도블록밖에 보이지 않는 것처럼, 내게는 보이지 않는 날개가 있다. 나의 육체는 수양을 한다고 생각한다. 학교에서는 아이디어와 예술로 마음껏 날개를 펼칠 수 있을 것이다.

에펠탑은 언제 봐도 멋지다. 프랑스는 복지가 잘된 나라라서 만 18세 이하는 무조건 미술관과 박물관이 공짜다. 미술관에서 혼자 그림 그리고 있는 어린아이를 보았다. 이런 특권을 프랑스인만 누릴 수 있었다면 너무나 억울해서 울었을 것이다.

8. 24. 베르사유 궁전

내 열정이 식어 버린 걸까. 오늘 베르사유 궁전을 갔다. 그러나 그림을 한 점도 그리지 못했다. 베르사유에 가면 그리려고 오일파스텔과 재료들을 싹 깨끗이 깎아 놓고 잤는데 베르사유는 어떤 감동도 주지 않았다. 너무 크고 권위적이다. 도착했을 때는 비가 내렸다. 그래서 박스를 주워 쓰고 다니는데 마침 비가 그쳐서 다니기 좋았다. 어릴 때 좋아했던 마리 앙투아네트. 책으로 읽고 또 영화로도 본 곳을 직접 오게 되니까 신기했다.

건축은 나와는 관련이 없는 어려운 것이라고 생각했는데 여행을 하면서 점점 건축에 관심을 가지게 된다. 건축은 그 나라의 문화와 자연과 삶의 축소판이라는 것을 알았다. 건축과 디자인은 문화를 만들어 가기 때문에 중요하다. 우리는 미래를 내다보거나 자연을 고려하지 않고 건축물을 지었다. 자연 속에서는 사람들이 더불어 사는 것을 느낄 수 있다. 그러나 틀에 짜 맞춘 도시, 급하게 지어진 여유 없는 공간에서는 사람들 또한 여유 없이 짜 맞춘 삶을 산다. 삶을 이렇듯 시각적으로 나타내 주는 것은 건축이었다.

저녁에는 비 맞으며 몽마르트 언덕에 갔다. 오늘은 종일 비가 와서 그림 한 장 못 남긴 날이었다. 저녁 먹고 호텔 옆에 있는 메트로 카페에 가서 맥주와 감자튀김을 먹으며 그림을 그렸다.

8. 26. 오페라하우스

메트로 오페라 역에서 〈오페라의 유령〉의 배경이 된 오페라 극장에 갔다. 15유로쯤 들었는데 그림을 그렸으니 본전을 뽑았다고 생각한다. 내가 스페인에서 피라네시의 판화에 충격을 받아서인지 그 스타일로 그려 보고 싶은 마음이 강했다. 오페라 극장 내부는 정말 오페라 극장 같았다. 약간 베네치아 풍이 났고 크지 않은 것이 좋았다. 오랜만에 만나는 지루하지 않은 건축이었다. 방금 전에 〈오페라의 유령〉을 다시 보니 정말 우리가 간 곳이랑 똑같았다. 엄마는 영화를 보다가 잠들어 버렸다.

2 0/8/2.12 L'opera

파리 오페라하우스

8. 27. 뤽상부르그 공원

그림을 그리고 나니 바로 기분이 좋아졌다. 파리 사람들은 확실히 뉴욕과는 다르게 한가로워 보인다. 책을 읽는 사람들이 많다. 뤽상부르그 공원 벤치에서 엄마 무릎을 베고 펜으로 구름을 그어 보다가 잠이 들었다. 엄마는 파리에 아파트 하나 잡아 놓고 카페에서 책 읽으며 미술관도 다니며 지내 보고 싶다고 한다. 나는 어떠한 환경이든 한 달 이상이면 있을 수 없다. 내가 한국에서 14년을 살았다는 것은 정말로 대단한 일이다. 나는 여러 곳에 집을 두고 그렇게 세계를 떠돌며 살고 싶다. 지구도 답답하다. 세상이 너무 작고 답답하다고 불평하기 전에 모든 나라를 다 가 봐야지.

센 강변의 뮤지션들

8. 28. 지베르니

모네의 집과 정원까지 가는 데 오래 걸렸다. 지베르니까지 거의 세 시간을 걸었다. 차도를 걷는 길에 포도나무를 발견했는데 엄마가 시식해 보더니 완전 맛있다고 해서 몇 송이 따먹었다. 나중에 길을 가다가 블랙베리가 쫙 깔려 있는 것을 알고 계속 따 먹으면서 갔다. 한 다섯 주먹은 따 먹은 것 같다. 장미, 로즈마리, 산딸기 열매, 포도, 아, 너무나도 아름다운 길이다. 게다가 가는 길에 우리 둘밖에 없었다.

모네의 정원과 집은 모네스럽다. 오늘은 할머니와 행운이가 생각났다. 꽃 잎사귀들이 행운이 수염 같다. 모네의 정원은 아름다웠다. 할머니가 여기 오실 수 있으면 얼마나 좋을까.

모네의 집

8. 29. 몽파르나스

루브르를 떠나고 싶지 않다. 지금 나는 아직도 스페인 톨레도나 마드리드 어딘가에서 그림을 그리고 있다. 나는 그곳에 있을 것이다. 내가 언젠가 다시 간다면 그곳에서 나를 다시 만날 수 있을 것이다. 나는 지나온 역 그 이름들 속에도 앉아 있을 것이다. 나는 그 시간에 나를 두고 왔다.

모든 인간이 가진 죽음에 대한 두려움은 내가 가지고 있는 꿈이나 느낌들이 다 물거품이 될까 봐 그런 것 같다. 나의 존재가 아무것도 아닌 것, 사람들이 두려워하는 것은 물거품이다. 물거품은 사라지는 것이고 허무함 아닌가. 그렇지만 그 허무함이 사실은 현실이다. 사람들은 이 현실을 두려워한다. 현실은 죽음이고 외로움, 외로움은 내가 가치가 없어지는 느낌, 물거품은 물이 소용돌이쳐서 다시 물로 돌아가는 것이다.

사람들은 이 외로움과 허무함의 기분을 잊기 위해 눈에 보이는 것, 잡히는 것(이것은 물질적이다), 확고한 것, 확고한 관념, 종교와 같은 이유를 찾아낸다. 신은 언제나 확고하고 안전하다. 불확실한 현실세계에서 동떨어져 있다. 할리우드 영화의 해피앤딩, 새드앤딩같이 확실한 것을 좋아하는 것도 그런 이유다. 그러나 현실은 확실한 것이 아니다.

보들레르의 무덤(몽파르나스 공동묘지)

　사람들은 허무해지면 목적을 잃어버리고 살고 싶어 하지 않는다. 그래서 오래 거품으로 남아 있고 싶어 한다. 기꺼이 거품 찌꺼기가 되고 만다. 우리는 현실을 회피하기 위해 소용돌이 치고 있는 것이다. 컵에 가득한 거품이 사라지면 축축한 물기만 남을 것이다.

　물은 생명을 탄생시킨다. 생명은 자연이다. 나는 탄생과 죽음이 허무하다는 것을 알고 있다. 내가 사는 도시와 아파트가 싫었던 것은 하수구에서 나온 거품 찌꺼기 때문이다. 그 거품들을 정화시키려면 많은 깨끗한 물을 부어 줘야 한다. 그 깨끗한 물이 바로 예술가들이 아닐까. 나는 랭보도 좋지만 보들레르가 더 좋다. 보들레르 무덤가에 앉아서 내가 가장 좋아하는 망고를 깎아 먹었다.

8. 30. 마지막 날, 파리

여행 마지막 날이다. 24시간 후면 학교로 돌아간다. 오늘은 파리 시내를 하루 종일 걸어 다녔다.

나는 여행하면서 하나의 인생을 살았다. 갓 태어난 사람은 순수하고 늙으면 고집스러워지듯이 처음 시작은 아무것도 모르고 순수했으나, 이제는 (아마도) 막 나가며 고집스러워졌다. 인간이 죽을 때 허물을 벗고 떠나듯이 내 허물을 이곳에 남겨 두고 떠난다. 그리고 새로운 세계로 가는 것이다.

나에게 하고 싶은 말이 있다. "수영하는 법을 꼭 배울 필요는 없다"는 것이다. 헤엄쳐서 깊은 곳에 가려고 악을 쓸수록 제자리일 테니, 그냥 물에 둥둥 떠서 손으로 물을 천천히 젓다 보면 깊은 물로 가게 된다. 눈을 감고 태양볕을 느끼면서 내가 가는 방향으로 손을 젓다가 구름의 흐름도 보고, 그러면 되는 것이다.

진정한 여행은 치장할 필요가 없다. 그냥 거지처럼 싸돌아다니는 것이 재미있었다. 떠나는 것은 언제나 아쉽고 새로운 것은 두렵다. 아마 앞으로도 그럴 것이다.

8. 31. 새로운 출발

여행하면서 나는 상징적인 것만 중점으로 그린 것이 아닌가 싶다. 골목골목을 즐기지 못했던 것 같다. 골목 카페에 앉아서 담배 피는 사람들, 책 읽는 사람들, 판테온을 보는 것보다 판테온 찾아가는 길에 보이는 거지들, 젤라또 집들, 레스토랑들, 재미있는 볼거리들이 있었다.

나는 지금 당구공처럼 과거에서 꺼낸 어떠한 공에 의해 떠밀려 정신 차릴 새 없이 다른 구멍 속으로 들어가고 있다. 그나저나 3개월 동안 매일 몇 시간씩 걸으면 홀쭉해질 줄 알았는데 별 효과가 없었다. 사람들한테 볼살 빠졌다고 말했는데, 아, 눈 커지고 싶었는데……

내가 그린 그림들을 보다 보니 가장 쓰지 않은 색깔이 빨간색이라는 것을 알았다. 내가 가지고 있지 않은 색깔일 것이다. 가지고 있지 않다는 것은 뭘까. 반사시키고 있다는 것이다. 그것은 열정이거나 혐오이거나 한국일 것이다. 나는 아마 열정이 없다고 분노하면서 그것을 발산시키고 있는 것이다. 어떻게 하면 그 빨간색을 가질 수 있는 재질이 될 수 있는지. 그 빨간색은 아프리카 땅을 갈라지게 만드는 건조한 햇빛일 것이다. 빨간색을 쓸 수 있으려면 그것을 흡수해야 한다. 놀이처럼.

아직 나는 절단된 것들 속에서 나오는 피를 마실 능력이 없다. 나는 어리다. 나는 아직 꿈꾸는 중이다. 빨간색을 품고 싶다. 뛰어다니는 것, 모험적인 것, 차가운 바다 속에서…….

나는 여행하면서 하나의 인생을 살았다.
인간이 죽을 때 허물을 벗고 떠나듯이
내 허물을 이곳에 남겨 두고 떠난다.
그리고 새로운 세계로 가는 것이다.

에필로그

1

방학이 다가올 때마다 나는 한국으로 돌아가기가 두려웠다. 한국에서 나는 실패자였고 틀린 아이였다. 집으로 돌아간다는 것은 곧 어두운 과거로 내던져지는 것이었다. 그래서 엄마와 스케치 여행을 한 뒤에도 방학 때마다 홀로 여행을 했다.

싸구려 호스텔에서 지내며 하루도 편히 쉰 날이 없었지만, 낯선 환경과 문화 속에서 나는 틀린 이가 아닌 동등한 인간으로 대우받았다. 그럴 때면 내 안에 자리 잡고 있던 '부적응아'라는 타이틀을 잊어버릴 수 있었다. 그렇게 이곳저곳을 떠돌아다니다 보면 언젠가는 나와 맞는 환경을 찾을 것이라고 믿었다.

나는 받아들여지고 싶었다.

2

지난 여름방학엔 프랑스의 한 입주 작가 프로그램(Artist in Residence Program)으로부터 스튜디오를 제공받아 '페리약'이라는 시골 마을에서 작업을 했다. 그곳엔 작은 새들과 끝없는 들판이 있었다. 자전거를 타고 다니며 눈앞에 드넓게 펼쳐지는 포도밭을 바라보았다. 잠시 멈추고 아무 곳에나 뛰어들어도 호수와 언덕들은 내가 누구인지, 왜 여기에 있는지 묻지 않았다. 그곳에서 지내는 동안 나의 트라우마를 씻어낼 수 있었다.

내가 어떤 모습이든 자연에서는 그대로 받아들여졌다. 그렇게 모든 것을 수용하고 품어 주는 자연의 특성이 바로 예술이 지닌 미(美)라는 것을 깨달았다.

미술관에 가면 종종 어떤 한 작품에 이끌려 눈을 뗄 수 없는 순간이 온다. 감상하는 사람이 말로 표현할 수 없었던 억압된 감정들을 그 작품이 대신 이야기해 주기 때문이다. 보는 이는 만든 이의 언어에 공감하고 응어리를 풀면서 그의 세계를 이해하게 된다. 만든 이는 관객들에게 받아들여짐으로써 그들과 소통하고, 이로부터 충족감을 느낀다. 이 화합성이 바로 자연과 예술이 지닌 위대함이다.

3

그곳의 자연과는 달리 페리약 사람들은 나를 경계하는 눈초리로 바라보았다. 나는 그들에게 완전히 낯선 사람이었다. 뭔가 이상했다. 예술의 가장 큰 힘은 소통과 조화인데, 이렇게 단절된 환경 속에서 혼자 스튜디오에 갇혀 작품 활동을 한다는 것은 기계적인 크리에이션이고 모순이라는 생각이 들었다.

나는 일상과 예술의 융합을 원했다. 나의 삶이, 내가 맞닥뜨린 현실의 문제들과 그것을 해결해 나가는 행위 자체가 예술이 되기를 바랐다. 그래서 마을 사람들을 그리기 시작했다. "당신을 그리고 싶어요." 이 프랑스어 한마디를 먼저 배웠고, 그들에게 다가가며 경계선을 허물기 위해 노력했다.

이 모든 과정은 내 일상 속의 행위예술이 되었다.

갈등과 오해는 언제나 편견과 불신, 그리고 서로에 대한 무지에서 온다. 형식적인 소통 방식으로 이 단절을 풀어 나갈 때엔 아주 오랜 시간이 걸린다. 하지만 예술이 지닌 진실성과 순수함은 그런 형식적 단계를 뛰어넘어 사람들 사이의 벽을 순식간에 허물어 버린다. 말은 통하지 않았지만 나는 마을 사람들의 얼굴을 그리면서 그 가면 뒤에 있던 생각들과 이야기들을 포착해 낼 수 있었다.

마을 사람들은 나를 따뜻하게 환영하기 시작했다. 내가 매일 갔었던 집 앞 카페 아저씨와 가족들, 레스토랑, 빵집 아저씨와 야채 파는 할

머니……. 페리약을 떠날 때 그들은 모두 나의 가족이 되어 있었다. 언제든 돌아가면 나를 반겨 줄 집이 생긴 것이다. 한국도 미국도 아닌 먼 나라에.

4

예술은 나의 집이다. 또한 나의 예술이 다른 이들의 집이 되기를 바란다. 자연이 제 살갗을 파먹는 이들에게 그 땅에서 자란 음식을 먹이고, 제 피부 위에 집을 짓고 생명을 낳을 수 있도록 삶을 제공하듯이, 내가 만들어 내는 작품들이 나와 다른 이들을 숨 쉴 수 있게 하기를 바란다. 자연이 되는 것, 바로 그것이 내가 나아가고자 하는 삶의 방향이다.

5

엄마와 스케치 여행을 한 지 2년. 그때의 나는 몹시 작게만 느껴진다. 그때는 그림 하나하나가 완벽하기를 바랐고 마음에 들지 않았다. 그렇지만 나 자신과의 약속을 지키기 위해, 날씨나 몸 상태에 상관없이 끈질기게 하나라도 더 그리고 기록하며 커 가고자 했던 의지는 지금까지도 많은 힘이 되고 있다. 그 열정을 잃지 않기 위해 계속 노력할 것이다.

6

인간으로서 우리는 일상을 창조하고 실험할 권리를 가지고 태어났다! 그러므로 모든 인간은 예술가이다. 현실의 한계라는 건 우리에게 주어진 위대한 놀잇감이며, 중요한 건 두려움을 이기는 용기라는 것을 꼭 기억해 주기 바란다. 예술가들은 특별한 사람들이 아니고 단지 조금 더 용감한 사람들일 뿐이다.

〈수상 및 전시 경력〉

_ 수상

〈National Young Arts competition 2014〉 Visual Arts Finalist / Cinematic Arts Merit
'2014 미국 내셔널 영아트 예술대회' 비주얼 아트 최우수상 / 시네마틱 아트 장려상

미국 유일의 백악관 공인 예술대회로서 전국 15~18세(또는 10~12학년) 청소년들을 대상으로 한다. 비주얼 아트, 시네마틱 아트, 디자인 아트, 사진, 재즈, 연극 등 10개 부문에서 각각 Finalist(최우수상), Honorable Mention(우수상), Merit(장려상) 수상자들이 선정된다. 부문별 Finalist들은 미국 청소년 예술가들의 최고 영예인 대통령상(Presidental Scholars in the Arts) 후보가 된다.

Silver medal in Drawing and painting for Scholastics Art & Writing award 2014
'2014 스콜라스틱 예술·문학상' 미술 부문 은상

미국의 대표적 출판사인 '스콜라스틱(Scholastic)'에서 재능 있는 청소년 예술가들을 발굴, 지원하기 위해 매년 개최하는 전국 규모의 시상식. 글쓴이는 이 대회에서 3년 연속(2012~2014) 상을 받았다.

**Fine Arts Award chosen by faculty members as an honor
at Interlochen Arts Academy(2012, 2014)**

미국 3대 명문 예술고등학교인 'Interlochen Arts Academy'에서 매년 전교생을 대상으로 뽑는 '올해의 최우수 학생(명예학생)'에 2012년과 2014년 두 번에 걸쳐 선정되었고, 실력과 성과를 인정받아 개교 이후 두 번째로 조기졸업이 확정되었다.

_ 전시

2014. 3월　　뉴욕 아트하우스 전시회 (예술전문지 『Winter Tangerine Review』 추천)
2014. 6~8월　프랑스 페리악에 입주 작가로 초청되어 오픈 스튜디오 2회, 그룹 전시회 1회
2015. 1월　　미국 마이애미에서 내셔널 영 아트 수상자 그룹 전시회 예정